小説版　であいもん
～雪下に春を待つ～

著：香坂茉里
原作・イラスト：浅野りん

富士見L文庫

目次

プロローグ

もしも、あの時
「うん」て言わへんかったら。
もしも、あの時
パパから離れへんかったら。
まだ、一緒にいられたんやろか——。

「一果《いっか》ちゃん、またね！」

「うん、またね！」


小学三年の冬休みが明け、しばらく経った一月の終わりのことだ。

一果はいつもの道で学校の友達と別れると、住宅地の道を歩き出した。

寒くて、手袋をした手を口もとにやり、ホッと白くなった息を吹きかける。

帰り道、ずっとおしゃべりをしていて楽しかったせいか、一人きりになると周りから音が消えたみたいで、静かに思えた。

そのうちに、薄暗い空から小さな雪の粒がポロポロと落ちてくる。少し驚いて目を見開いてから、一果はランドセルを揺らしながら急ぎ足で家に向かった。

（パパ、もう、帰ってるんかな……）

アパートの古い外壁が見えてくるころには、道も家々の屋根も薄《うっす》らと白く染まり始めていた。

玄関のドアノブをひねってみると、鍵《かぎ》がかかっていない。それが嬉《うれ》しくて勢いよくドアを開いた。父の靴が玄関にあるのを確かめてから、急いで自分の長靴を脱ぎ、廊下を通り抜けてリビングに向かう。

「ただいま、パパッ！」

そう言いながらドアを開くと、父が携帯で誰かと話をしているところだった。

（あっ……しもた……電話中やのに）

深刻な話をしているのか、父の声はいつもよりも低めだ。

一果は弾んでいる息を整えながら、少し焦って口を閉じる。待っていると、電話を終えた一果の父が、携帯を握ったまま振り向いた。

「おかえり、一果」

そう言って、いつもと変わらない笑みを作りながら——。


母が家を出て行ってから、一果は父と二人きりで暮らすようになった。ギタリストをしている父の仕事の都合もあり、急な引っ越しで、学校を移ったことも二度ほどある。

共働きで母にも仕事があるのに、父はいつも相談せず、一人で決めてしまっていた。母が父と喧嘩《けんか》するようになったのも、家を出て行くことになったのも、そういうすれ違いが多くなったからなのかもしれない。

母と一緒に暮らせなくなったり、転校で仲の良かった友達と離れたりすることになるのは悲しくもあったけれど、父と一緒に暮らせることが一果にとっては一番嬉しいことだった。

だから、転校や引っ越しで、母のように嫌になることはなかったし、慣れてしまえばそれほど苦にもならなかった。新しい街で、新しい人たち、新しい友達と出会えると思えば、悪いことではない。

家に戻ってから父と一緒に狭いライブハウスに行った一果は、隅っこの椅子に座って父の演奏が終わるのを待つ。

本当なら、あまり小学生が出入りするような場所ではないだろう。学校の先生などは、一果の家庭環境のことを知って眉《まゆ》をひそめたりもする。

けれど、一果は父を待つこの時間が好きだった。それに、周りの大人たちは心配するが、家で一人留守番しているより、こうして父の姿が見えるところにいるほうが安心できる。ずっとこういう生活をしてきたのだから、ライブハウスの雰囲気も人も、一果にとってはなじみ深いものだ。

（パパのギターの音……一番好き）

眠くてうとうとしながらも、耳に馴染《なじ》んだギターの音を無意識に追いかける。

その音に包まれるように、いつの間にかコクッと首を傾けて眠り込んでいた。

父が誰かと話している声が聞こえて目を覚ますと、ライブが終わった後で、お客さんたちの姿もなかった。いるのはバンドのメンバーとスタッフの人たちだけだ。

ライブハウスを出ると、途中立ち寄った店で熱々のラーメンを食べ、雪道を一緒に歩いて帰った。

家に戻ってから、一果はスキー場に行った時のことをふと思い出す。

野外ライブの仕事があり、二人でスキー場に向かったのだ。大雪のせいで、今までに見たこともないほど見渡す限り白一色に染まっていて、山と空の境もわからないほどだった。

あの時の雪に比べれば、街中に降る雪は慎《つつ》ましい。けれど、アパートに帰り着くまでずっと降っていたから、朝にはベランダも白くなっているだろう。

「パパ。いっぱいつもるかなァ」

「そうやなァ」

「つもったら、大きいのつくりたいッ！」

「ん？」

「これっくらい！」

一果は両手を天井に向かって大きく広げて見せる。

「前にスキー場いったやん」

「ああ、そん時作ったなァ。大きい雪だるま」

「たのしかったなァ……」

窓の外に降る雪を眺めながら、一果はぽつりと呟《つぶや》く。

行く時は道がわからないほど雪が降っていて、途中でバスを降ろされてしまいスキー場まで歩くことになった。

それは大変だったが、帰る頃にはその雪も止《や》んでいたから、真っ白な雪原で一緒に雪を転がして少し不格好な雪だるまを作った。

くたくたになっていたけれど、見渡す限りの雪景色と、ようやく顔を覗《のぞ》かせた太陽の光にキラキラと輝く様が綺麗《きれい》で、寒さも忘れてはしゃいでいた。それは父も同じだったのだろう。雪の上に倒れて、『気持ちええなァ』と珍しく笑っていた。

「……そういや、そん時食べた善哉《ぜんざい》、美味《おい》しかったな」

アコースティックギターを弾いていた父は、ふと思い出したように、「食べに行こか、一果」と言い出す。

「美味しい店、知ってんねん」

父はそう言って微笑んだ。

「うん」

スキー場の帰りに食べた善哉は熱々でお餅《もち》もトロトロしていて、甘くておいしかった。もうどこにある店なのかもわからないし、店の名も覚えてはいない。けれど、食べると体が温まって、お腹もいっぱいになって、幸せな気持ちになれた。

父と出かけたのは、その翌日のことだ。しんしんと雪の降る中、少し浮かれて父に学校の話や、友達の話をした。

一番近い駅で電車に乗ってから、どこに行くんだろうと思いながら流れていく窓の外を眺める。

「パパ、そのお店に、いつ行ったん？　お仕事ン時？」

「そのずっと前のことやな……」

「スキー場で食べた善哉とどっちがおいしいんかなァ」

「……眠なったんなら、寝ててもええし」

「ううん、大丈夫。明日《あした》は学校もお休みやし」

そう言ったけれど、話しているうちにウトウトして、父に寄りかかるようにしていつの間にか寝てしまっていた。しばらくして、揺すられて目を覚ますと駅に着いていた。バスに乗り換えて停留所で降りてからも、少しだけ歩いただろうか。

ひどく寒くて、いつの間にか一果も話すのをやめていた。

父も一果の手を引いたまま、ずっと黙っている。ようやく父が足を止めたのは、昔ながらの民家に挟まれて立っている小さな和菓子屋の前だった。

屋根瓦《がわら》の上の看板には、雪がつもっていた。

(御菓子《おかし》……つかさ？ つかさってなんやろ……)

『緑松《りょくしょう》』

それがこの和菓子屋の店名だろう。もう日が暮れかけていて、閉店間近のようだ。

父の顔を見ると、店のほうをジッと見つめたまま動かない。

一果とつないだその手に、いつもより少し力が入っているように思えた。

「パパ……？」

戸惑いながら小声で呼びかけた時、カラッと店の戸が開く。

出てきたのは、着物に白い割烹着《かっぽうぎ》を身につけた女性だ。

「すみません、茶房のほうは終わってしもて」

その人は申し訳なさそうに言いかけたが、父の顔を見るなりハッと息をのんで口もとに手をやる。

「巴《ともえ》くん……ッ」

それは、父の名前だ。雪平《ゆきひら》巴――。

雪平は母の姓だ。結婚して、父は母と同じ姓になった。それ以前の姓は、一果は知らない。結婚前のことをきくと、父はいつも曖昧《あいまい》に答えるばかりであまり語ろうとはしなかったから。

「おばちゃん、お久しぶりです……」

父はそう言うと、その女性に向かってゆっくりと深く頭を下げた。

「一果ちゃん、よう来たね。寒かったやろ。うちの善哉、食べて温まって」

茶房に通されると、女性はすぐに一果と父に熱々の善哉を出してくれた。

茶房の営業は終わったようで、他のお客さんの姿はない。従業員たちも、帰った後のようだった。

運ばれてきたお椀《わん》の蓋《ふた》をとると、あんこの甘い香りと湯気がふわりと立つ。中には、ぷっくりと膨れた真っ白なお餅が二つ入っていた。

「すみません、店、終わってんのに……」

「ええよ気にせんといて。そやけど、急やったからびっくりしたわ。元気してた？　今、どこにいてるん？」

立て続けにきいてくる女性の言葉に、父は少し困った顔をして言葉につっかえていた。

「そんな、急いであれこれきかんでもええやろ」

そのうちに、店の奥から声がして白い仕事着を着た男性が出てくる。

二人とも、一果の祖父や祖母と同じくらいの年齢だろうか。といっても、一果が知っているのはフランスにいる母方の祖父と祖母だけだ。それも、小さい頃に会った記憶しかない。

母は今、その祖父母のもとにいて、あちらで仕事をしていると聞いている。その祖父母を思い出した。

「どうや、うちの善哉……うまいか？」

一果が伸びたお餅を急いで食べてからうなずくと、男性の厳しそうだった表情が緩み、目尻《めじり》に優しげな皺《しわ》が寄る。

「そらよかった。二人とも今日はうちでゆっくりしていき」

「昔にお世話になった人たちや……そやし、もう心配いらへんから……大丈夫やから」

夕食をご馳走になると、家の奥の和室に通され、敷かれた布団に入る。その時、父は手を伸ばして一果の頭を撫《な》でてくれた。

「なぁ、パパ……パパの知り合いの人なん？」

なんも心配してへんよ？

パパがおるもん――。

なのに、なんでそんなこと言うんやろ。

変なの。今日のパパは少し変や。

そんなことをぼんやりと考えながらも、父の声がいつもより優しくてホッとする。その後、すぐに瞼《まぶた》を閉じて眠ってしまったから、この時、父がどんな顔をしていたのか、後になって考えてみてもよく思い出せなかった。

このお店の善哉はおいしかったけれど、やっぱり父とスキー場に行った帰りに食べた善哉のほうがおいしかったなと、眠りにつきながら考えていた。

翌朝、目を覚ました時には、父の姿はもうこの家のどこにもなかった。

『緑松のおっちゃん、おばちゃん。

この子を頼みます。

スマン、一果』

たった一通の短い手紙と、ハーモニカ一つだけを残していなくなった。

『子供は、邪魔にしかならへん』

小さい頃に一度だけ、言われたことがある。いつもの優しい父とは違い、突き放すような冷たい声だった。それを今も忘れられずにいる。

『もう心配いらんから。大丈夫やから……』

昨日の父の優しげな声は、一果の面倒をもう見なくてもいいと思ったからだろうか。

(パパはきっと疲れたんや……)

一果がそばにいれば、自由になれない。仕事も制限されてしまう。子どもを連れてライブハウスを回ることも大変だったのかもしれない。

疲れて、道の途中でしゃがみ込んでしまったこともあるから――。

(ほんまは、嫌やったんかも)

一果は冷え切っているハーモニカを握りしめて、うつむいた。

一緒にいて楽しい、ずっとそばにいたいと思っていたのは自分だけで、父にとっては重荷でしかなかった。その重い荷物をおろしたくなったから、ここに――。

『なぁ、パパ。もっとハーモニカがうまく吹けるようになりたい！　そしたら、パパと一緒にライブに出て演奏できるやろ？』

『……一果はライブに出たいんか？』

『うんッ、いつかパパと一緒にライブやって、ママに聴いてもらいたい。ママのおじいちゃんや、おばあちゃんにも！』

『そやな……いつか、一果と二人でライブするか……それもええなァ』

『絶対やで。約束や』

（うちは、いらん子やったんや……）

第一章

一

小さな庭に植えられた松の枝から、昨夜つもった雪がさらさらと落ちていた。それが朝日に照らされて輝く。

縁側に腰かけた一果《いっか》は、庭を眺めながらハーモニカを唇に当てて少しだけ吹いてみた。鳴ったのは、かすれた弱い音だ。

「……下手くそ……」

そんな声が吐息とともに小さく漏れる。

父が一果をおいて立ち去ってから、数日が過ぎた。緑松《りょくしょう》のおじさんの平伍《へいご》もおばさんの富紀《ふき》も親切で優しい。一果のことをなにかと気遣ってくれているのがわかる。

『心配せんでええよ。いくらでもここにおったらええんやし。一果ちゃんはうちの子も同然や』

父がいなくなった日、富紀は一果の両肩に手をおいて強い口調でそう言い聞かせた。

（うちの子……）

緑松に来た日、夜にふと目が覚めて隣の部屋を覗《のぞ》いてみると、父が平伍と富紀の前に座っているのが見えた。よくは聞こえなかったが、真剣な話のようだった。父はあの時、一果のことを二人に頼んでいたのだろう。

（パパ、もう戻ってこんのかな……）

ついこの前まで住んでいたアパートの部屋はどうなったのだろう。学校はどうするのだろう。

学校帰り、『またね！』と友達と別れたことを思い出す。前に転校した時もそうだった。学校の友達とお別れの挨拶《あいさつ》ができないまま、荷物をまとめて家を移ることになった。けれど、今までは独りぼっちではなかったから心配することもなかった。父がいてくれたからだ。

今回のように、置き去りにされたことなどない。

一果は息を吐いて、肩にかけていたカーディガンを引き寄せる。

この家で暮らしていくことが嫌なわけではない。

ただ――。

（ここは知らん人んちの匂いがする）

母に連絡をすれば迎えに来てくれるのかもしれない。

（でも、ママも邪魔になるって思うかも……）

一緒に暮らしている時から、仕事優先の人だった。別居を決めたのも、一果たちと暮らすことより、海外で安定した仕事をすることを選んだからだ。今さら迎えに来てと言っても困らせるだけだろう。今の自分には、ここにしか居場所がない。

（考えたって、しゃあないやん）

一果はハーモニカをカーディガンのポケットに押し込んで立ち上がる。

それに、ここにいれば――。

（パパが戻ってくるかもしれんし……）

＊＊＊

廊下を通り抜けて台所の戸を開こうとした時、中から平伍と富紀の声がした。

「……あんなかわいい子を残しておらんようになるやなんて」

「巴《ともえ》も考えた末のことや」

「そやかて、一果が不憫《ふびん》や。お母さんも、遠くにいてるみたいやし……」

一果は取っ手に手をかけたまま下を向く。

(うちのこと……迷惑かけてしまってるんかな……)

「娘が一人増えた思たらええやろ」

「そこは孫とちゃいますの？」

「どっちゃでもええッ」

「早《はよ》う馴染《なじ》んでくれるとええけど……知らんとこ急に来て、気兼ねしてまうんやないやろか？」

「……部屋、ちゃんと用意してやらんとな」

「ああっ、そうや。学校、どうすんにゃろ。前の学校はこっから遠いみたいやし……忙しなるわッ」


（しっかりせな……迷惑かけれへん）

一果は顔を上げ、一呼吸おいてから戸を開く。

「おはようございます」

頭を下げて挨拶すると、平伍と富紀は一果を見て一瞬口をつぐんだ。

「おはよう、一果ちゃん。ちょうどよかった。朝ご飯用意できたから、呼びに行こう思ってたところなんよ」

ニコッと笑って、富紀が一果に座るように促した。

「ご飯、よそいます」

一果はすぐに台所に行き、お茶碗《ちゃわん》を取る。昨日までは職人さんがいたため、休憩室を兼ねた仏間に運んで食べていた。けれど、今日はここで食べるようだ。おかれている茶碗も三人分だ。一果は「あれっ？」と、富紀を見る。

「ああ、今日はお店が休みやから。三人分でええよ」

（あっ、そうか……）

一果は三人分のご飯をよそって、テーブルに運ぶ。

「……富紀。おまえ、今日は一果ちゃんと四条《しじょう》にでも出てこい」

新聞を折りたたみながら平伍が急に言う。一果と富紀は、「え？」と顔を見合わせた。

「茶碗もかわいいのがええやろ……ほかにいるもんがあるやろし……」

「あっ、そやね！　いややわ、私ったら気ぃつかんかった！」

富紀がハッとしたような顔をして手を打つ。

一果はお客さん用の渋い松の絵柄がついた茶碗を見てから、「私、これでいいです！」と慌てて答えた。

「遠慮せんでええよ。あの人が買《こ》うてやりたいんやから」

富紀が一果に顔を寄せて、「フフッ」と笑いながら言った。それが聞こえたのか、平伍は「余計なこと言わんでええ」と、広げた新聞で顔を隠す。

（おじさんも、おばさんも、ほんまええ人や……）

親戚《しんせき》でもないよその家の子なのに、こうして一果が困らないように色々と考えて、世話を焼いてくれる。それは嬉《うれ》しいことで、『ありがとうございます』と笑顔で言いたいのに、なぜかうまくいかない。

（なんでなんやろ……パパといた時は普通に笑えてたのに……）

アコースティックギターを弾いてくれていた父の顔を思い出すと、すぐに顔が曇ってしまい、一果は膝《ひざ》の上で手を握りしめて下を向いた。

（ちゃんと、お礼言わな……暗い顔してたらあかん）

そう思うのに、喉《のど》につっかえたように言葉が出てこなかった。

「……ごめんなさい……ッ」

笑えないまま、一果は小さな声で言う。

そんな一果を見て、平伍と富紀は困ったような表情を浮かべていた。

（……笑うのってこんな、難しかったんかな？）

＊＊＊

緑松は和菓子屋で、茶房ではお茶やコーヒーと一緒に和菓子や善哉《ぜんざい》を食べられるようになっている。店が休みの日以外は、職人や従業員が出入りしていた。

先代がこの場所に店を開き、平伍が二代目としてその跡を継いだという話だ。

常連さんが多く繁盛していて、ひっきりなしにお客さんが訪れる。雑誌にも取り上げられたことがあるという話だから、観光客が休憩に立ち寄ったりもしているようだ。

一果が店に足を踏み入れたのは、父と一緒にここを訪れた最初の日だけだ。

店の奥の作業場からは、小豆《あずき》を煮る匂いや、饅頭《まんじゅう》を蒸《ふか》すいい香りが漂ってくる。平伍は、朝早くに作業場に入り、店が閉まっても片付けや仕込みをしているため、二階の住居に上がってくるのは遅い時間になってからだ。

富紀も事務の仕事をしたり、注文の電話を受けたりと店を切り盛りしながら、その合間にまかないを作ったりと、一日中忙しく動き回っている。

一果は部屋で漢字のプリントをやってしまってから、壁にかかっている干支《えと》の絵柄のカレンダーを見る。それは、一果がこの部屋をもらった時からかかっていたものだ。

このプリントは前の学校でもらったものだから、もう提出することはない。やらなくても怒られるようなことはないが、なにもしないでいるのも落ち着かなかった。

二月からは、近くの小学校に通えるように富紀が手続きしてくれて、学校にも一緒に挨拶に行った。京都《きょうと》では珍しく、制服のある公立だ。

転校は初めてではないとはいえ、やはり新しい学校に通うのは緊張する。

一果はあまり友達作りは得意なほうではなく、人見知りしてしまうから、自分からなかなか話しかけられない。

打ち解けてからは、自然と話もできるから、前の学校でも友達はできた。

今回もうまくやっていけるかどうかはわからないが、新しい環境に少しずつでも慣れていかなければいけないのだろう。

時計を見れば、もうすぐ正午になる。

「そろそろ、お昼や」

一人呟《つぶや》き、立ち上がって部屋を出た。

廊下を通り抜けると、出汁《だし》のいい香りが漂ってくる。戸を開いて中に入ると、割烹着姿《かっぽうぎ》の富紀が台所に立っていた。

「おばさん、手伝います」

声をかけると、お玉を手にしたまま富紀が振り返る。

「一果ちゃん、今日はおうどんやけど、おあげさんと、卵とじとどっちがええ？　九条《くじょう》ネギ、たっぷり入れるけど、苦手やったら言うてね」

「あっ……苦手やないです」

「よかったわー。実はもう、入れてしもたんよね」

富紀は口もとに手をやって、「フフッ」と笑っていた。

出汁の中に青々とした九条ネギがたっぷりと入っている。その横の鍋《なべ》では、お湯が沸騰《ふっとう》して湯気が立っていた。これから、うどんを茹《ゆ》でるところなのだろう。調理台には、お稲荷《いなり》とおにぎりがのった皿がラップをした状態で並べてある。

「おばさん、これ運んでもええんですか？」

「そうや。忘れとったわ……もう、みんな休憩入ってる思うから、お茶のほう先にお願いするわ。ごめんなぁ、手伝わせて」

「ええの。お世話になってるから……なんでも言うてください」

「熱いからこぼさんよう気ぃつけてな」

「はい」

一果はヤカンをさげて台所を出る。職人さんや従業員が多いため、ポットや急須《きゅうす》では間に合わないのだろう。

休憩に使っている仏間に向かうと、中から賑《にぎ》やかな声が聞こえてきた。

一果は重たいヤカンを一度持ち直してから襖《ふすま》を開く。

その瞬間、パンッと大きな音がしてなにかが弾《はじ》けたものだから、「えッ」とびっくりして目を見開いたまま硬直する。危うく、ヤカンから手を離すところだった。

（な……なに……!?）

仏間にいるのは平伍と、昔からこの緑松で働いている職人の巽政《たつみまさ》、それにほかの店から修業に来ている若い職人の瀬戸《せと》咲季《さき》だった。

「政さんなにやってんすかッ！」

咲季があたふたして声を上げた。

「おかしい……こないだはうまくでけたんやけど」

政は破れた風船と針を手に、「ふむッ」と考え込んでいる。

「一果ッ……はよ、それ隠せ!!」

平伍が一果に気づいて慌てたように言う。すぐに咲季が、壁に貼ってあった模造紙を剝《は》がした。


『一果ちゃんを笑わせるための会議』


チラッと見えた模造紙には、そう書かれていた。

(うちを笑わせるための……)

靴下が濡《ぬ》れたことに気づいて足もとに視線をやると、傾いたヤカンの口から少し番茶がこぼれてしまっていた。

「あ……ッ!!」

一果は慌ててしゃがみ、ヤカンをおく。

(はよ、拭《ふ》かんと……ッ)

「一果ちゃん、大丈夫っスか⁉」

「火傷《やけど》してへんか⁉」

咲季と平伍が、慌てたようにそばにやってきた。

「どないしたの？」

台所からやってきた富紀が仏間を覗《のぞ》く。騒ぎの声が廊下にも聞こえたのだろう。

「富紀、タオルや！」

富紀は「えッ⁉」と、びっくりした顔で一果に視線を移した。

「大丈夫です。それより、畳汚してしもて……ッ」

一果がすぐに自分のカーディガンを脱いで拭こうとすると、富紀がパッとその手をつかんで止めた。

「一果ちゃんのカーディガンが、汚れてしまうやないの！」

「でも……」

カーディガンは洗えばいい。けれど、畳はそういうわけにはいかない。

焦っていると、横からスッと手ぬぐいが差し出された。『政』とえらく達筆な字の刺繍《ししゅう》がしてある手ぬぐいだ。

「これ、使《つこ》たらええ」

「そうや、俺も手ぬぐいある……って、作業場に置いてきたやんか〜ッ‼」

咲季が慌てたように言ってから、ハッと座卓の上のレースの花瓶敷きに目をやる。

「かわりにこれで……ッ!!」

「あかーんッ、それは私が婦人会のみんなと一緒に作った思い出の品や！」

富紀はレースの花瓶敷きをつかんだ咲季の手を、すかさず叩《たた》いた。

「まどろっこしいッ！　わしの仕事着を使え――ッ！」

平伍が勢いよく立ち上がり、真っ白な仕事着をバッと脱いだ。その下に着ているのは、らくだ色の温《ぬ》くそうな肌着だ。

「見苦しいねんッ!!」

富紀がすかさず仕事着を投げ返し、呆然《ぼうぜん》としている一果の腕をつかんだ。

「一果ちゃん、変な人らはほっといて、台所行ってふきん持ってきて！」

「は、はいッ!!」

返事をして立ち上がり、きびすを返して仏間を出る。すぐにピシャッと襖がしまった。

「いったい、なんやのッ！」

富紀の大きな声が廊下にまで筒抜けだ。

「いや……その……一果ちゃんを笑わせよ思ってな……」

平伍の気まずそうな声に続いて、「すんません、私のせいです」とシュンッとしたように謝る政の声が聞こえた。

「手品を披露しよう思て練習してたんやけど、なんやしらん失敗して、一果ちゃんびっくりさせてしもたんです」

「びびらせてどないすんの……」

ため息を吐くようにして富紀が言う。すっかり呆《あき》れているのがその声でわかる。

「政さんが自信あるて言うたさかい……」

咲季が申し訳なさそうに言った。

「もっと修行してきますわ。こうなったら、成功するまで山こもりますんでッ！」

「いや、どこで修行するんスかッ」

いったいなにをしているのか、仏間の中からバタバタと音がする。

「もう、うちの店では手品も山ごもりも禁止やッ!! 今度やったら、全員お昼はおつけもんとご飯だけになんで。ええなッ!?」

「「それだけは堪忍してくださいッ!!」」

叱られた政や咲季がそろって言うのが聞こえてくる。

富紀は温厚で大きな声を出すことはほとんどないため、一果は驚いて目を丸くした。

（おもろいな……みんなおもろい人たちや……）

それに優しくて温かい。平伍と富紀だけではない。職人の政も、咲季もだ。

一果が笑わないことを気にして、色々と考えてくれたのだろう。

（風船、いきなり割れたんはびっくりしたけど……）

畳を汚してしまった時も、誰も一果の失敗を責めず、火傷をしていないかと一番に心配してくれた。

ひんやりとした廊下に佇《たたず》んだまま、一果は唇の端を指で押し上げて笑みを作ってみる。

けれどやっぱりうまく笑えなくて、ゆっくりと指を離した。

（笑顔でいたいのに……楽しい気持ちになれへん……）

こんなことではみんなに心配をかけてしまう。早く慣れて手伝いもたくさんして、役に立たないと、平伍や富紀もそのうち、父や母のように――。

足もとを見つめていると、視界がぼやけてくる。

（あ、あれ……??）

「一果ちゃん？」

仏間から出てきた富紀の声に、ハッとして顔をあげた。

（グズグズしてると思われる……）

急いで袖《そで》で目頭を拭《ぬぐ》ってから振り返る。

「ごめんなさい。ふきん、すぐに……ッ」

富紀は襖を閉めてそばにやってくると、一果の肩を優しく叩いた。

「一果ちゃん、ごめんなぁ」

申し訳なさそうに言われて、一果は「えッ」と瞬《まばた》きして富紀を見る。

「ほんまびっくりしたやろ。堪忍な。みんな悪気はないんよ。そろいもそろって、おかしなことばっかりしてるんやから！」

富紀は「まったく！」と、腰に手をやって仏間を見る。

「でもな、みんな一果ちゃんと仲良うなりたいんよ」

一果は戸惑って、微笑む富紀の顔を見つめていた。

「私と仲良うなっても、あんまり楽しくないと思います……今は全然、笑えんし……面白いことも言えへんから……」

今の自分はひどく愛想のない子どもになってしまっているだろう。富紀にも平伍にも、そしてこの店の人たちにも気を遣わせてばっかりだ。

落ち込んだような声になってしまい、すぐに下を向く。

「無理せんでええんよ。そのうち、自然と笑えようになるやろ」

「でも……」

不安げに言うと、富紀は「大丈夫」と力強く言った。

「そやし、そん時まで笑顔は大事にしまっとき」

（そっか……それでええんや……）

少しだけ胸のつかえが取れたような気がして、小さくうなずいた。

「ほな、向こうでうちらもおうどん食べよか。伸びてまうわ」

富紀のほんわりとした笑顔につられて表情もわずかに和み、「はい」と返事をした。

二

二月の初め、朝から家の掃除を手伝って、午後からは、富紀と一緒に注文していた制服や体操服を取りに行ったりしていたため、一果は多少疲れてしまい夕方には居間のこたつで、つい眠ってしまっていた。

台所からは出汁《だし》のいい匂いが漂ってくる。

（おばさん、夕飯のお鍋《なべ》作ってくれてるんや……うちも手伝わな……）

そう思うのに、眠気に引っ張られてしまってなかなか体が動かない。

つけっぱなしのテレビでは音楽番組をやっていて、バンドの演奏とボーカルの歌声が流れてくる。

（ギターの音や……）

去年の暮れは、父と一緒にライブハウスにいた。そのことをぼんやりと、思い出す。

毎年、年末から年始にかけてカウントダウンライブや、新年ライブの仕事が入るため、ライブハウスやスタジオを巡ることが多かった。

大晦日《おおみそか》も、ラーメン店に立ち寄って、年越し蕎麦《そば》のかわりに二人でラーメンを食べた。熱々で、半熟の煮卵も味がしみていておいしかった。

元日には近くの小さな神社にお参りして、父と変わらず一緒にいられるようにと願ったのに――。


（……パパ、どうしてるんかな……）

今日もどこかのライブに出演しているのだろうか。

終われば、一人きりでラーメンを食べるのかもしれない。それとも、バンドの仲間たちと過ごすのだろうか。

けれど、父はあまり仕事関係の人と話をしなかったし、連絡を取り合うこともあまりなかったようだ。仕事が終われば、挨拶《あいさつ》だけしてすぐに帰る。いつもそうだった。

それとも、一果がいたから連れて行きづらくて断っていたのかもしれない。


戸が開いて、平伍が居間に入ってくる。

「雪かきしといたからな。駐車場もようつもってた」

「お願いしようと思ってたんよ。よかったわ。そんなら、お鍋食べよか」

二人の声がまだうつらうつらしている一果の耳に入ってくる。

「一果ちゃん、起きよか。お鍋食べよ」

肩をトントンと叩かれて、一果は重くて下がってくる瞼《まぶた》を無理に開ける。

カセットコンロに鍋がおかれていて、クックッと煮えていた。

そのおいしそうな匂いで、ようやく目が覚める。

平伍と富紀がこたつに入ると、「いただきます」と三人で手を合わせた。

「おばさん、ごめんなさい。お手伝いしよう思ってたのに……洗い物は手伝います！」

「今日はあちこち行って疲れたんやろ。後はわしらに任せとったらええ」

平伍がご飯の上に、ちりめん山椒《さんしょう》をのせる。一果がそれを見ていると、「一果ちゃんものせるか？　うまいで」と勧めてくれた。

頷《うなず》いて、ほかほかのご飯の上に少しだけのせてみる。

一口食べてみると、ピリッと辛い山椒と甘いちりめんじゃこの味が合わさって、ごはんによく合う。

「どうや、ええであいもんやろ」

一果は「であいもん？」と、聞き返した。

「ちりめん山椒みたいに、ちりめんじゃこと山椒を和《あ》えることで美味しさが引き立て合うような料理を〝であいもん〟ていうんよ。ぶり大根や、おあげさんと菜っ葉のたいたんとか」

富紀が一果の器にお鍋の具を取り分けながら、隣でそう教えてくれた。

「引き立て合う……」

一果はちりめん山椒ののったご飯に視線を戻す。そんなふうに言うのだと、知らなかった。

「合うと思わんかったような意外なもんが、合ったりするんやで」

平伍が「面白いやろ」と、笑った。

「ほな、おじさんとおばさんも〝であいもん〟ですね。引き立て合ってるもん」

一果がそう言うと、二人は顔を見合わせてから、少し間をおいて笑い合った。

「たとえてもろて嬉《うれ》しいわ。ほなら、一果ちゃんの前でケンカせんようにしよね、お父さん」

「まいるわ……なんや、今日の出汁うまいな……」

苦笑してから、平伍は話題を変えるようにボソッと呟《つぶや》く。

「ほんま、いつもとおんなしやのになにが違うんやろ？」

富紀も出汁を一口すすって、首を捻《ひね》っていた。

「おばさんのご飯、美味しいです」

「ほんま？　けど、そう言うてくれると嬉しいわ。お世辞上手なところはお父さんに似てるんやね」

富紀はそう言って、朗らかに笑った。

（パパ……お世辞上手やったの？）

一果は首をかしげる。一緒にいた時、父が誰かにお世辞を言っているところなど一度も見たことがなかった。

（きっと、ほんまに思ったさかい、言うたんやと思う）

平伍も富紀も、温かくて優しくて、お風呂《ふろ》につかっている時のように、ここにいるとふわふわとした気持ちになる。

一果は窓のほうに目をやった。昨日の夜からずっと降り続いていて、出かけた時も空に雪が舞っていた。今日の夜も冷えるのだろう。

「まだ、雪、降ってるんかなぁ……」

ぽつりと呟いたのが聞こえたのか、富紀も窓のほうに視線を移していた。

「明日《あした》には止《や》んでほしいわ」

「今日は暖《あった》こうして寝ぇよ。富紀、電気毛布出してあるんか?」

「そない心配せんでも、ちゃあんと用意してます」

「おまえがうっかりしとるからやないか」

(パパ……独りぼっちでいてるんかな……寒くないんかなぁ……)

父もここに、この温かい家にいればいいのに――。

富紀の作ったおいしいお鍋を一緒に食べて、笑って過ごして――。

そう考えていると、せっかくのお鍋も、急に喉《のど》を通らなくなってしまい、一果は途中で箸《はし》をおいた。

(なんで、うち……パパと一緒におらんのやろ……)

うつむいてしまっていると、「もう、いらんかった?」と富紀が優しくきいた。

「お腹いっぱいになってしもて……」

「ええよ、ええよ。疲れてるんやし……もう風呂に入っておいで」

「はい……ごめんなさい……」

そう答えて、一果は立ち上がる。

（とっても、おいしかったのに……）

残してしまうのが、忍びなかった。

＊＊＊

二月三日の節分、朝御飯の片付けを終えると、「一果ちゃん、ちょっとおいで」と富紀に呼ばれて奥の部屋に向かう。

和簞笥《わだんす》の並んでいる富紀と平伍の部屋だ。一果は今まで用事もなかったため、ここに入ったことはない。

「せっかく、神社にご挨拶行くんやからと思ってなぁ……」

富紀はそう言いながら、たとう紙を開いて着物を取り出す。椿《つばき》の柄が入った子ども用の着物だ。

「これ……私が着てもええんですか？」

驚いてきくと、「もちろん、ええよ」と富紀は楽しそうに笑う。

「知り合いんとこの娘さんが昔着てた着物、貸してもろたんよ。ほんまは、新しいの作ってあげたかったんやけど……間に合わんかったから」

富紀はいつも着物で仕事をしているため、着付けの手際が良く、一果は人形のように両腕を広げているだけでよかった。

帯を結び終えると、部屋におかれている三面鏡で自分の姿を確かめてみる。その髪を、富紀がアップにしてくれて着物に合う椿の髪飾りもつけてくれた。

「どうや？　苦しない？」

「着物着るん、七五三の時以来や……」

母に連れられて貸衣装店に行き、着物の着付けとお化粧をしてもらったことをおぼろげながら覚えている。

かしこまったスーツ姿の父と母と共に平安神宮《へいあんじんぐう》に行き、祈禱《きとう》してもらって、写真を撮った。あっという間のことで、あの頃は七五三にどういう意味があるのかもよくわかっていなかった。父と母が喜んでいるから、きっと特別な日なのだろうと思ったくらいだ。

『一果、かわいいで』

父と手を繋《つな》いで歩いた時の記憶がふと頭をよぎる。

一果は鏡を見ながら、口紅を塗ってもらった唇を少し強く結んだ。

「やっぱり、女の子の着物は晴れやかでええねぇ……来年のお正月には新しいの作ろうな」

富紀の言葉にすぐに返事ができず、一果は頷いただけだった。

来年――。

(来年も、この家にいてええんかな……)


一年先のことがわからない。

自分がどうなっているのか、どこにいるのか。

平伍と富紀はいつまでもいていいと言ってくれる。

けれど、二人にとって一果は血縁でもなんでもなく、よその家の子だ。

それなのに、甘えてしまっていいのだろうか。

(パパはやっぱり、迎えに来てくれんのやろか……)

支度を終えて、平伍と富紀と一緒に家を出ると、外が雪で白くなっていた。ふわふわとした綿飴《わたあめ》のような雪が空から落ちてくる。二月に入ってもまだ寒さは緩まず、羽織を着ていても手足は冷えてくる。

富紀が出がけに巻いてくれたピンク色のマフラーが暖かかった。

三人で向かったのは家から一番近いところにある小さな神社だ。人が大勢くる神社は一果が疲れるだろうと気遣ってくれたらしい。

午前中から、神社の舞殿では巫女《みこ》さんによる舞が奉納され、授与所ではクジのついた福豆が配られていた。十時を過ぎると、人も大勢集まってきて、特等や一等が当たると、カランカランと鈴が鳴らされる。

楽しげな人の声と、演奏される笛や太鼓の音を聞きながら、一果は平伍と富紀と一緒に先にお参りをした。

『パパと早く会えますように……』

目を閉じると、背を向けて暗い雪の中を一人で歩いて行ってしまう父の姿が浮かんできて、「パパ……」と無意識に小さな声が唇からこぼれる。

（どこに行ってしもたんやろ……一人きりは寒くて、寂しくて……お腹も減るのに……）

ぼんやりと考えていると、ポンッと頭に手がのっかってきた。その手は一果の髪につい
た雪を軽く払ってくれる。

「心配せんでええ……そのうち、フラッと戻ってくるやろ」

平伍の言葉に、「はい……」と涙ぐみそうになるのを堪《こら》えながら頷いた。

ここで待っていれば、きっと父は戻ってくる。

（そうや、今は色々あって……パパも大変なんや）

平伍の言う通り、戻ってくることもあるだろう。その時を、ここで待つのが今の自分に
できることだ。

「帰ったら、温かい善哉《ぜんざい》食べよか」

富紀も一果の肩に手をおいて微笑む。

授与所で福豆をもらい、富紀がクジを引く。当たったのは、キッチンペーパーと、入浴
剤だった。

「一等の温泉旅行がよかったわ～」

富紀は頬に手を添えながら、残念そうにため息を漏らす。

「入浴剤で温泉気分味わえるやろ」

「家の狭いお風呂じゃ、気分も出ぇへんわ……キッチンペーパーは助かるけど」

「銭湯でも行ってきたらええやないか」

一果が一回クジを引くと、四等のお弁当箱と箸のセットだった。

(あっ、かわいい……)

ウサギの絵柄が蓋《ふた》と、バンドについていた。お箸のケースもお揃いの絵柄だ。

「あっ、それええね！　一果ちゃん、遠足の時に使えるし」

横で見ていた富紀が嬉しそうに言う。学校が始まれば、お弁当が必要な時もあるだろう。

一果はうなずいて、富紀の持っていた袋に一緒にお弁当箱とお箸を入れさせてもらう。

「一果ちゃんは、くじ運がええなぁ」

そう言って、平伍も笑っていた。

鳥居を通り抜け、人とすれ違いながら石段を下りていく。若い夫婦が上がってくることに気づいた富紀が、「あら」と途中で立ち止まった。

「緑松さん、こんにちは。寒いですねぇ」

「ほんま冷えますわ」

挨拶《あいさつ》をされた平伍が、会釈をしながらそう答える。

「野井《のい》さん、ここの神社で毎年御豆さんもらってはりますの？」

「雪やから、今年は近くですまそうて」

「そやねぇ、人も多いしなぁ」

平伍と富紀が親しげに話をしているところを見ると、常連のお客さんなのだろう。少し遅れて、一果と同じくらいの年頃の男の子が、お祖母《ばあ》さんらしい年配の女性と一緒にやってきた。

その男の子はなにか不機嫌になることでもあったのか、ふくれっ面で横を向いている。

「あら、緑松さんやないの。こんにちは」

お祖母さんがにこやかに挨拶してから、「ほら、あんたもお世話になってるんやから、ちゃんと挨拶しぃ！」と男の子の背中をポンッと叩《たた》く。

男の子はダウンジャケットのポケットに両手を突っ込んだまま、ひどく面倒そうな顔をして一果をチラッと見た。

「……誰や、おまえ」

いきなり不貞不貞《ふてぶて》しい態度できかれて、一果はびっくりしてかたまる。

「女の子にむかって、なんや、その態度はッ！」

お祖母さんはすかさず男の子の頭をペチンッと叩いてから、「ごめんねえ、恥ずかしがり屋やねん、この子。許したって」と一果に笑顔で謝った。

頭を押さえつけられた男の子はその手を払いのけて後ろに下がると、「誰がやッ！」と焦ったように言い返した。

「挨拶もまともにできひんやないの。それにしても、緑松さんとこに、こないかわいい子がいてはったとは知らんかったわぁ」

「一果って言いますねや。この前から、うちで預かることになったんです」

富紀がニコニコしながら答える。一果は少し緊張しながら頭を下げた。

「緑松のおじさんとおばさんのところでお世話になってる雪平《ゆきひら》一果です。よろしくお願いします」

「あらまあ、かいらしい！　ほんま、しっかりしてはるわァ。一果ちゃん、何年生やの？」

「三年生です」

「うちんとこの子と同じなん!?　落ち着いてるんやねぇ」

一果と男の子は、「えッ」とお互いを見る。二人ともわずかに顔が引きつっていた。

「そんなら、同じ学校に通うことになるんやし、仲良うしたってね」

お祖母さんは孫の頭をポンポンと叩きながら笑って言った。

「冗談やないッ、なんで知らん女子なんかと仲良うせなならんねんッ!!」

一果を睨《にら》んでから、彼は『ベーッ！』と舌を出してくる。

（な、なんやの……）

さすがに呆《あき》れて、一果はプイッとそっぽを向いた。

「こっちかて、お断りや」

「はぁ、なんやて⁉　ケンカ売ってんのか⁉」

「それはそっちやッ！」

一果がつんっとして答えると、「もう、絶対、口きいたらへんからな‼」と彼は顔を真っ赤にしながら怒っていた。

お祖母さんが、「また、そないなこと言うて！」と彼の頭をグイッと押さえる。

「ごめんねェ、一果ちゃん。後でしっかり反省させておくから」

彼の母親が困った顔をして手を合わせた。

「ほな、緑松さん。また、寄らしてもらいます」

父親が頭を下げると、「よろしゅうお願いいたします」と平伍も頭を下げていた。

「放せーッ、まだあいつと決着ついてへんッ‼」

「いい加減にしぃ‼　恥ずかしいわッ……」

お祖母さんが、まだ喧嘩腰《けんかごし》で一果を睨んでいる男の子の腕を引っ張っていく。

孫に負けず劣らず、元気なお祖母さんのようだ。

「大変そうやな……」

平伍はあっけにとられたようにその姿を見送っていた。

「男の子やねぇ。元気があるわ。同い年やし、同じクラスになれるとええねぇ」

口もとに手をやった富紀が、クスクスと笑う。

それを聞いて、一果は思わずしかめっ面になった。

(それだけは、絶対、いやや……ッ)

三

二月最初の休業日、緑松で一果の歓迎会が開かれた。いつも休憩に使っている仏間に、職人さんや、従業員の人たちが集まっている。

『一果ちゃん、ようこそ緑松へ！

歓迎会・緑松一同』

床の間に、そう大きな幕が掲げられ、一番目立った場所に、一果の席が用意されていた。

「一果ちゃんはこっちやで！」

司会進行役の咲季に案内されて座ったのはいいが、注目されると落ち着かない。

（ここに座っててええんかな……）

緑松の職人さんや、従業員さんも今日はみんな集まっている。そのうちに、茶房で働いているお鶴《つる》さんという年配の女性がお茶とお菓子《かし》を運んできてくれた。

「あっ、私も手伝いますッ！」

一果は座っているのも気が引けて、すぐに立ち上がろうとした。

「ああ、ええよ、ええよ。一果ちゃんは今日は主役や。座ってて」

そう言うと、富紀は一果の前にお茶とお菓子の皿をおく。

「うちで作ってるお菓子や。一果ちゃんにもその味を知ってもらいたいって思ったんよ」

皿にのった和菓子に、菓子楊枝《ようじ》が添えてある。思わず目を丸くして、一果はその皿を手に取った。

「下萌《したもえ》っちゅうてな。春に変わる頃の菓子や」

そばに座った平伍が教えてくれた。

「雪の下から、草の芽が出ようとしてるんや……」

一果が思わず答えると、「よう知ってるな」と平伍は驚いていた。

「パパの好きなお菓子や」

『一果、薄ら緑色してるとこあるやろ？　これは草の新芽が出ようとしてる様子を表してるんや。雪が降っても、ちゃんと春になんのを待ってんねんで』

『綺麗《きれい》やなァ。パパ、なんでも知ってるんやね』

『教えてもろたんよ。前、お世話になった人に』

『そやから、パパは和菓子が好きなん？』

『そやな……おじさんとこの下萌、もう一回食べたいなぁ……』


　懐かしむように呟《つぶや》いた父の顔を見ながら、そんなにおいしいお菓子だったんだと思った。

（パパが食べたがってた下萌、このお店のやったんや……）


「お父さん、覚えてはったんやねぇ」

　富紀がしみじみした口調で言う。

　お菓子を切って食べてみるとなめらかで優しい餡《あん》の甘さが口に広がる。

「おいしい……パパが食べたがってたはずや」

なぜ急に、父が善哉《ぜんざい》を食べに行こうと言い出したのか、一果をこの店に預けて一人立ち去ってしまったのか、その気持ちがわからなくて考え続けていたけれど、ほんの少しだけわかったような気がした。

お鶴さんと富紀が、職人さんや従業員さんたちにもお茶とお菓子を配る。それを食べ終わると、お寿司《すし》や料理が運ばれてきて宴会が始まった。

咲季が司会をして、みんながそれぞれ今日のために練習してきた出し物を披露する。

「それでは、続きまして政さんによる、ミ……ミラクルショー！　どうぞ……」

咲季が戦々恐々としながら横に避《よ》けると、政が机の下に隠していたトップハットを取り出してスッとかぶる。

「ミラクルショーって、手品やないの！」

「また、失敗すんのとちゃうか……？」

富紀に続いて、平伍も顔を引きつらせながらすでに逃げる態勢になっていた。

「それでは、僭越《せんえつ》ながら……皆さん、この風船にご注目を!!」

政は咳払《せきばら》いしてから、パンパンに膨らんだ風船をみんなに見せる。しかも、風船の中には半分ほど粉が入っているようだった。

「また、それッ!!」

「あかんッ、みんな、爆発すんでッ!!」

みんなが口々に言いながら、一斉に立ち上がって仏間の隅に退避する。

「一果ちゃん、そこにおったら危ないで！」

富紀に言われて、一果も急いで端に移動した。

「心外ですな……失敗したのあん時だけですのんに」

政は少し不服そうに呟いてから、「ほなこちらの針を」と長い針を取り出す。

政が「それではっ！」と、膨らんだ風船に針を突き刺すのを、みんな息を呑《の》んで見守っていた。

「針を風船に刺しましても……あ〜ら不思議！　風船は割れないのでございますッ!!」

針の刺さった風船を見せながら、政は得意げに眼鏡をクイッと指で押し上げた。

「お、おおおおお――――ッ!!」

「ほ、ほんまや。今度は割れてへん……」

「どうなってるんやッ……」

どよめきが広がり、みんながもう少しよく見ようと近づいた瞬間――。

パンッと、大きな音で風船が弾《はじ》け、中に入っていた粉が辺り一面に飛び散った。

「ギャアアッ！」

「ブハッ、粉吸い込んでもうたッ!!」

みんながむせながら粉を払いのけようと手を振る。

「これなんや……はったい粉か!?」

「やっぱり失敗したやないか!!」

平伍が、ゲホゲホとむせながら大きな声を上げた。

「もう、二度とこの店で手品すんの禁止!! 絶対、あかんッ!!」

富紀が叫び声を上げ、みんなが掃除のためにバタバタと動き出した。

「箒《ほうき》とちりとり!?」

「掃除機やないと無理やッ！」

「おかしいなぁ……練習ではバッチシやったのに」

政は顎《あご》に手をやりながら、破れた風船の残骸《ざんがい》をしげしげと見ている。

平伍も司会の咲季も、頭から服まで粉をかぶって真っ白になり、うんざりした顔をしていた。

一果はそんなみんなの様子を見て、思わずプッと噴き出す。

(雪をかぶった下萌のお菓子みたいや……)

「フフフフッ、フフフ……ッ」

我慢しきれなくなって、口もとを両手で押さえながら声に出して笑うと、みんなが驚いたように一果を見る。

平伍と富紀も顔を見合わせ、つられたように笑い始めた。

気づくと、「あははは っ」とみんな大笑いしていて賑《にぎ》やかな声が仏間に広がる。

『パパ……うちはここにおるよ。

パパが大好きだったお店で待ってるから……』

第二章

一

週明け、緑松《りょくしょう》からも近い喜多山《きたやま》小学校に通うことになった一果《いっか》は、担任となった先生と一緒に教室に向かう。

色々と必要な手続きをしてくれたのも、必要なものを一式揃えてくれたのも富紀《ふき》だ。真新しい制服は少しだけ袖《そで》が長いが、『六年まで着るんやから、すぐぴったりになるわ』と笑っていた。

今朝も富紀は学校に付き添ってくれて、職員室で一果と一緒に担任の先生に挨拶《あいさつ》をした。転校初日ということもあり、心配してくれたのだろう。

（しっかりせな……学校に馴染《なじ》めんとおばさんたちに心配させてしまう）

朝の会が始まる時間になっているため、廊下で騒いでいる生徒はさすがにいない。けれど、教室の中からは賑やかな声が聞こえてくる。先生がまだ来ていないから、騒いでいるのだろう。

「雪平《ゆきひら》さん、みんなに自己紹介してもらうけど緊張せんでええからね」

ドアの前まで来ると、担任の先生が気遣うように言う。その声が耳に入って、少しばかりぼんやりしていた一果は、「はいッ」とすぐに返事をした。

「大丈夫です」

「そう、じゃあ入りましょうか」

先生が教室のドアを開いた途端に、まだ席に着いていなかった生徒たちがバタバタと自分の席に戻る。

「ほら、朝の会始めますよ」

近くの席の友達とまだ雑談していた生徒たちも、「はーい！」と前を向いていた。

前の学校の友達と、『じゃあ、またね！』と別れたことを思い出す。

みんなは一果が急に転校したと聞かされて、驚いただろう。

（バイバイって……挨拶できんかったな……）

そのことが、少しだけ心残りだった。けれど、後ろ髪を引かれていても仕方ない。仲のよかった友達には、落ち着いたら手紙かハガキでも出せばいい。それに会いに行けないほど遠い場所に住んでいるわけではない。

一果は深く息を吸い込み、気持ちを落ち着かせてから、先生の後に続いて教室に足を踏み入れた。

転校するのは初めてではないのだから、この学校でも――。

「今日から、このクラスで一緒に学ぶことになった転校生を紹介します」

教卓の前に立った先生の隣に一果も並ぶ。自己紹介しようと少し深く息を吸い込んだ瞬間、誰かのイスがガタンッと鳴った。

「ああああああああ――ッ!!」

立ち上がった男子の一人が、一果を指さしながら驚きの声を上げる。クラスの男子も女子も、びっくりしたようにその男子と一果を見てざわついていた。

「おまえ、あん時のええかっこしいッ!!!!」

「あら、野井《のい》くん、雪平さんと顔見知りやったの？」

先生が目を丸くしてきく。

「はァ!?　顔見知りとちゃう!!　す、すれ違っただけや！」

焦ったように彼が否定すると、クラスのみんなが笑い出した。彼の顔が一気に赤くなる。

『おまえ、誰や？』

節分祭の行われている神社で、ぶしつけな視線を一果に向けながらきいてきた彼のことをすぐに思い出し、一果は小さくため息を吐いた。

彼と同学年で、学校も同じになることは富紀たちの会話でわかっていたことだ。

（まさか、同《おんな》しクラスになるやなんて……）

「雪平さん、挨拶お願いね」

「はいッ」

先生に言われて、一果は気を取り直すように返事をした。

「雪平一果です。今日から、この学校に通うことになりました。よろしくお願いします」

自己紹介と挨拶をして、ペコッと頭を下げる。


授業の合間の休み時間になると、クラスの女子たちが一果の席に集まってきた。

「雪平さん、前、どこに住んでたん？」

「一果ちゃんって呼んでもええ？」

女子たちは、興味津々に話しかけてくる。「ええよ」と答えながら、好意的に迎えられたことに安堵《あんど》した。この調子なら、クラスのみんなともうまくやっていけるだろう。

「おいッ、雪平」

横柄な態度で呼ばれて、一果もまわりにいたクラスの女子たちも話をやめて振り返る。

腕を組んでいるのは、野井捷太《しょうた》だ。

「なんで、おまえ、緑松のおっちゃんとおばちゃんとこにおるんや？」

女子たちが「ええッ!?」と、驚きの声を上げて一果を見る。

「緑松って、和菓子屋さんやろ？」

「私、お母さんとお饅頭《まんじゅう》買いに行ったことあるよ！」

「夏、かき氷食べにいったわ。おいしかった～」

みんな近隣に住んでいるため、緑松のこともよく知っているのだろう。

「一果ちゃん、今、あのお店におんの？」

「うんッ、お世話になってんねん……」

一果は笑顔で女子たちの話に頷《うなず》いた。


「おいッ、おまえら！　今、俺が雪平にきいてんねんッ！」

「野井くん、なんでそんなに一果ちゃんに喧嘩腰《けんかごし》なん？」

「そうや。一果ちゃんのこと、なんで知ってたん？」

女子たちに逆に質問攻めにされた捷太は、「えッ」とたじろいで一歩下がる。

一果と目が合うと、焦ったように視線をそらしていた。

「おじさんとおばさんと一緒に神社に行った時、会《お》うたんよ」

一果は澄ました顔をして、かわりに答える。

「そうなんやーッ」

「やからって、なんで一果ちゃんにツンケンすんのやろ？　野井くん」

「さぁ、なんでやろね！」

笑顔で答えてから、スッと冷ややかな視線を彼に向ける。

「ツンケンしてんのは、そっちやろ！　俺はただ、ちょっとばっかし……きいてみただけやッ!!」

女子たちの視線が突き刺さっていたたまれなかったのか、捷太は動揺したように声を上げ、ダッシュで教室を飛び出していってしまった。

「な、なんやの……？」

ぽかんとして一果が呟《つぶや》くと、ほかの女子たちも顔を見合わせる。

「一果ちゃんと、仲良うなりたかったんとちゃう？」

「野井くん、素直ちゃうなぁ」

「あんなん、気にせんでええよ」

（誰が、ええかっこしいや……ッ）

「い、一果ちゃんッ⁉」

静かに怒っている一果の顔を見て、クラスの女子たちがギョッとする。

「ん？　なんも気にしてへんよ？」

一果はすぐにけわしい表情をしまって笑みを作った。

＊＊＊

二月も半ばを過ぎた頃、一果は富紀と一緒に近くの銭湯にきていた。寒い日が続いたため か、家の湯沸かし器の調子が悪く、風呂《ふろ》が使えなかったのだ。

近所の人たちが利用している小さな銭湯で、入り口に暖簾《のれん》がかかっている。

コートについた雪を払い落としてから中に入ると、一果は靴箱に長靴をしまった。

「寒いなぁ……はよ、お風呂入って温まりたいわ」

富紀が靴をしまってから、小さく身震いして腕をさする。

「おじさんは？」

「こたつでテレビ見てたから後で来るんやろ。一果、先に入っててええよ」

一果はうなずいて、女湯の小豆《あずき》色の暖簾がかかっている入り口に向かった。

「あら、久しぶりやねぇ！　どないしはったん？」

「うちの湯沸かし器、壊れてしもたんよ」

「そら、寒いからやわー。みんなそう言うて来はるんよ」

「どこも一緒やねェ」

富紀は一果と自分の分の入浴料を払ってから、受付の女性と世間話で盛り上がっていた。あの様子では、しばらく話し込んでいるだろう。

先に脱衣所に入って空いているロッカーを探していると、髪をヘアクリップで留めている高校生くらいの女の子がいた。これから入るところなのか、服を脱いで体にタオルを巻いている。一果はそれが、茶房でアルバイトをしている人だとすぐに気づいた。

「美弦《みつる》ちゃんッ」

ベテランの従業員さんや富紀が彼女のことをそう呼んでいたので、つい口から名前が出た。堀川《ほりかわ》美弦というのが彼女の名前だ。

一果が顔を合わせるのはこれで二度目になる。初めて会ったのは、一果の歓迎会の時で、彼女のほうから親切に声をかけてくれて話し相手になってくれた。

「一果ちゃんも来てたんやねッ！」

美弦も目を丸くしてから笑顔になる。

「やっぱり、広いお風呂はええなぁ……うちのお風呂、狭くて入った気がせぇへんの。すぐにぬるくなるし……」

肩までお湯につかった美弦が、「ふぅ」と気持ちよさそうな息を吐く。

湯気で浴室全体がくもって見えた。壁はタイル張りになっていて、古いせいでところどころひびが入っているけれど、丁寧に掃除されているから気持ちいい。

美弦は弟たちと一緒に来ているようだった。家から一番近い場所にある銭湯なのだろう。

「一果ちゃんも、よう来てるの？」

「ううん、今日初めて……家の湯沸かし器が調子悪なってしもて、お湯が出ぇへんようになったみたい」

「それ、大変やね。お店のほうは大丈夫なんかなぁ？」

美弦は心配そうな顔をする。

「おじさんは明日《あした》、業者の人に見てもらうって言うてましたよ」

「お店休みやもんね。そういえば、一果ちゃん、新しい学校どう？」

「楽しいです。お友達もできたし、担任の先生もええ人やから」

「そんなら、うまくいってるんや」

「みんなとはうまくいってるんやけど……」

『この、ええかっこしい！』

偉そうに腕を組む捷太の顔が浮かんできて、無意識に眉間《みけん》に皺《しわ》が寄る。

「いじわるしてくる子がいんの？」

「いじわるはされてへんけど……なんでも張り合《お》うてくるから、ちょっと面倒くさくて」

先日の漢字や算数のテストでも、『雪平、おまえ何点？』とわざわざきいてくるくせに、俺が点数を答えると、『うッ』という顔をして自分のテストを隠し、『百点くらい、俺かて本気出せばとれるんや。調子にのんなッ！』と捨て台詞《すぜりふ》を吐いて去っていったりする。

「掃除の時も私が落ち葉掃いてたら、わざわざ近くにやってきて競争してくるし」

「それは……なんていうか……邪魔くさいねッ！」

同情するように、美弦も大きく頷いていた。

「ほんま、意味わからんッ！」

思い返すと、ますますムカムカしてくる。

「うーん……ええとこ見せたいんとちゃう？」

「ええとこって、なんで？　あれが？」

美弦は「男の子なんやなぁ」と、ニコニコしていた。

（どっちが、ええかっこしいやねん……）

一果は頬を膨らませ、顎《あご》がつきそうなくらい深くお湯につかった。

二

翌週の体育の時間は、体育館でのドッジボールだった。男子と女子混合の四チームに分かれ、それぞれゲームを行うことになっている。

一果が友達と一緒に倉庫からボールを出していると、「おい、雪平！」と捷太が話しかけてきた。

「今日という今日は、今までの雪辱を晴らーすッ‼」

ビシッと指をつきつけ、得意満面に宣言する。

「果たす」

そう一言呟いて、彼の横を通り過ぎたのは眼鏡をかけた男子だ。捷太は「わ、わかってるわッ！」と恥ずかしそうな顔をしてから、またすぐにドヤ顔になる。

「雪辱を果たーすッ‼」

そう堂々と宣言してくる彼に、一果もほかの女子たちもさめ切った目を向ける。

眼鏡をかけた男子は、『しょうもな』とばかりに小さく首を振って、去って行った。

（沖《おき》くん、いつも落ち着いてるなぁ……）

話したことはないが、勉強が得意で、テストでも毎回クラスで一番のようだ。

ほかの男子たちのように騒いだりしているところを見たことがなく、一人でいることが多い。

「おい、きいてんのかッ。テストでは負けたけど、体育では負けへんぞ――ッ！」

「別に、野井くんと競ってへんし」

一果はプイッと横を向き、小うるさい捷太のそばをさっさと離れた。

「俺のことは、眼中にない……だと!?」

捷太は衝撃を受けたように、持っていたボールから手を離す。それは彼の足の甲に当たってから転がっていった。

「相手にされてへんなぁ」

「ハエを見るような目やったな」

まわりにいた男子たちが追い打ちをかけるようにそう言った。

「はァ!? あいつが俺の真の実力を知らんだけや！」

「わかった、わかった。頑張れよ～～！」

男子たちが笑いながら捷太の肩を叩《たた》く。ああ見えて、男子の友達は多いようだ。

最初のゲームが終わると、今度は一果たちのチームと、捷太たちのチームの番だった。

「よっしゃーッ、いつでもかかって来いッ!!」

捷太は張り切って自分の手を拳《こぶし》で打っている。ゲーム開始の笛が鳴った直後、一果はボールをパシッと受け止めた。

「雪平のへなちょこボールなんかに当たるかよ〜〜ッ」

挑発のつもりなのか、捷太は調子に乗って飛び跳ねていた。一果はさめた目でそれを一瞥《いちべつ》してから、外野にいる同じチームの沖くんに向かってポイッとボールをパスする。沖くんがすかさず、横からボールを投げた。それは、捷太の横っ腹に当たって跳ね返る。

「え……？　あ、あれ……？」

ポカンとしている捷太に、同じチームの女子が「野井くん、当たったんやから外野に移動やで」と教える。

「う、嘘《うそ》や――――ッ、こんなん、嘘や――――ッ!!」

衝撃を受けたような顔でガクッと膝《ひざ》をついた捷太は、体育館の天井を見上げながら叫んでいた。

「野井くんッ、真面目にやんなさいッ!!」

先生が笛を吹いて、怒ったように注意する。

（なにやってんのやろ……）

つい、呆《あき》れた目で捷太を見ていると、沖くんが外野から戻ってきた。

「ナイスアシスト、雪平さん」

「お帰り、沖くん」

一果はすぐに笑顔になると、沖くんとパチンと手を合わせた。

三

帰りの会の時間、一果は前の席からまわってきたプリントを受け取って、後ろの席の子にまわす。

「今配ったのは、授業参観のお知らせです。ちゃんと、保護者のかたにお渡しするように。ゴミ箱に捨てたりしたら駄目よッ！」

先生が「野井くん、ちゃんと聞いてる⁉」と、隣の席の男子とふざけ合っていた捷太をキッと見る。

みんなが笑う中、捷太は「なんで俺ばっかり」とふてくされた顔をしていた。

「それじゃあ、今日はこれで終わります。寄り道しないで早く帰りなさい」

日直が号令をかけて挨拶《あいさつ》すると、教室の中には賑《にぎ》やかな声が広がった。男子たちが、

「体育館でバスケしようぜ！」と元気よく飛び出していく。

一果は自分の席に座ったまま、プリントを見つめていた。

（授業参観……）


「うち、お父さんが来んねん。奈央《なお》ちゃんちは？」

「お祖母《ばあ》ちゃんが来てくれるて。新しい毛糸の帽子買おーって張り切ってはるわ」

「ええね、奈央ちゃんちのお祖母ちゃん、優しいし、おしゃれやもん」

「一果ちゃんちは？」

まわりに集まってきた女子たちにきかれて、一果はドキッとして顔を上げた。

「あっ……私んとこは……来《こ》られへんかなぁ……」

小さな声で答えてから、はぐらかすように笑う。

「そっかー……残念やね……」

「うん……」

「私んとこも、お母さん、来おへんと思うわ……弟の授業参観の日とかぶってるし」

プリントを手にやってきた女子が、ため息を吐いていた。

（今のうちの保護者って……誰なんやろ……）

立ち去る父の背中が浮かんできて、一果の顔が曇る。

一果の面倒を見てくれているのは平伍《へいご》と富紀だ。あの二人が、今の一果の保護者には違いない。学校の転校手続きもしてくれた。

（プリント、やっぱり、見せなあかんのかなぁ……）

しかし、授業参観があるのは平日の昼間だ。お客さんが多い時間帯だろう。平伍も富紀も忙しくて、授業参観どころではないはずだ。

保護者が来られない家は一果だけではない。それぞれ、家によって理由や事情があるだろう。だから、誰も来なかったとしても困るわけではない。先生も一果の事情は知っているのだから、理解してくれるはずだ。

（迷惑……かけたないし……）

平伍と富紀には十分、色々やってもらっている。自分のことは、できるだけ自分でする。お世話になっているのだから、それは当然のことに思えた。小学生だからと、甘えてはいられない。

プリントを折りたたんでいると、近くの席の捷太がチラッと一果を見る。

「雪平、おまえんちって、誰が来んの。緑松のおっちゃんとおばちゃんか？」

「……誰でもええやん」

素っ気なく答えて、一果はプリントを通学バッグに押し込んだ。

「お父さんとお母さん、来んのか？」

「関係ないやろッ!!」

つい、突っぱねるような強い口調になってしまい、捷太も周りにいた女子たちも、驚いてかたまっていた。

騒がしかった教室が急に静かになり、ふざけあっていたクラスメイトたちも、どうしたんだろうというようにこちらを見ていた。

（あっ……）

一果はみんなの顔を見てから、顔を伏せるようにすぐに下を向く。

なんとか取り繕わなければならないのに、なにを言えばいいのかわからない。

動揺したように心臓の音だけが速くなっている。

（しもた……）

一果はギュッと眉間《みけん》に皺を寄せると、急ぎ足で教室を後にした。

昇降口で靴を履き替えると、校舎を出て校門に向かう。

（みんなをびっくりさせてしもた）

落ち込んだまま、冷えた指先に息を吹きかけた。

（……手袋も教室においたまんまや）

取りに戻ろうかと足が止まったが、引き返す勇気が出なかった。あんなきつい言い方をするつもりはなかった。相手にせず、受け流せばよかっただけだ。

それなのに、捷太の無遠慮な質問に、つい苛立《いらだ》って突っぱねるような言い方をしてしまった。

（大人げなかったなぁ）

通学バッグの肩紐《かたひも》をギュッと握って、肩を落としたままとぼとぼと歩き出す。

校門を抜けたところで、「雪平!!」と呼ぶ声が後ろから聞こえた。

立ち止まって振り向くと、捷太が通学バッグを肩にかけて走ってくる。

（野井くん……）

一果は、少し驚きながらも彼が来るのを待っていた。

ようやく追いついた捷太は、大きく息を吐いてから、意を決したように顔を上げて一果を見る。

「これ……忘れてんでッ！」

捷太はつかんでいたものをバッと差し出す。

「あっ、手袋……」

机の上においたままだったものだ。一果は目を丸くして、捷太の顔を見る。

「ありがと……」

少し気まずくて、つい小さな声になった。「んッ」と押しつけられたその手袋を受け取ると、捷太は口をつぐんでその空いた手をすぐに引っ込めた。

「余計なこと……きいて……悪かった……」

気まずいのは捷太も同じなのか、視線をそらしたまま聞き取りにくい声でもごもごと言う。

「どしたん？　急に」

「しゃ……しゃぁないやろ！　女子が謝ってこいって言うし……ッ!!」

（みんな、うちのこと、心配してくれたんや）

一果の表情がふっと緩む。

（この学校のみんな、優しいなぁ……）

捷太も、悪気があってきいたわけではないのだろう。それに、謝るためにこうしてわざわざ追いかけてきてくれた。

（手袋も届けてくれたし……ええとこもあるんや……）

ちょっと、面倒くさいけど。という言葉を胸にしまって、一果は笑顔になる。

「さっきは私も……言い過ぎたと思うから、おあいこや」

捷太はふいっと横を向き、ためらうように少しの間黙っていた。それから、口を開く。

「俺んち……いっつも祖母ちゃんが来んねん……」

「そうなんや。ええね」

「少しもええことないッ！　授業参観って言うとすげー張り切るし、出しゃばろうとするし、後で色々説教されんねん……」

捷太はしかめっ面で腕を組む。

「やから、今回は絶対、言わへんッ！」

「えッ!!　それ……ええの？」

「ええッ！　もうすぐ四年生なんにゃから……別に授業参観に保護者が来んかって平気や」

「それはダメやと思う！」

一果は歩き出そうとした捷太の前に回り込んで止めた。

「なんでや。雪平んちだって、保護者来《こ》ーへんのやろ」

「野井くんのお祖母ちゃん、楽しみにしてはるよ。言わんかったら、きっとがっかりしはると思う！」

真剣な目をして言うと、捷太は考え込むようにしばらく黙っていた。

「……そういう、雪平は言うんか?」

きき返されて、一果は言葉に詰まる。

「おじさんと、おばさんは……」

(忙しいのに、来てくれなんて……)

一果は通学バッグの肩紐を強く握って、またうつむいた。

捷太は大きくため息を吐いてから、一果にまっすぐ目を向ける。

「そんなら、こうしよ。俺も祖母ちゃんに言う。そやし、雪平もちゃんと言えよ。おっちゃんとおばちゃんかて、楽しみにしてはんにゃろ。授業参観なんて……なんもおもろないけど……大人はなんでか、来たがるからな」

急に生真面目な顔になった捷太を、一果は驚いたように見つめた。

(そっか……同《おんな》しなんかも……)

平伍も富紀も、よく学校の様子をきいてくる。転校したばかりで、新しい学校に馴染《なじ》めているのかどうか心配してくれているのだろう。

だから、授業参観に来てもらって、ちゃんとやっているところを見てほしかった。そうすれば、二人とも安心するはずだ。

仕事が忙しくて、来られなければ、その時はその時だ。

(きいてみな、わからへんもんな……)

「わかった。ちゃんと言うから……野井くんも言わなあかんで」

「わ、わかってるしッ！」

焦ったように言う捷太がおかしくて、一果はクスッと笑った。

「そんなら、約束や――」

＊＊＊

その日の夕方、一果が台所に顔を出すと、富紀が「そろそろ、夕飯できるから待っててな」と笑顔で言う。

大根を煮ているのか、醬油《しょうゆ》と出汁《だし》の香りがほんわりと漂っていた。

少し緊張気味に息を深く吸い込んでから、富紀のそばに行き、「これッ」と後ろに隠していたプリントを差し出す。

濡《ぬ》れていた手を拭《ぬぐ》ってからプリントを受け取った富紀は、すぐにそれに目を通していた。

「授業参観が今度あるんやけど……おじさんも、おばさんも忙しいと思うし……無理やったらええんです」

「授業参観！　もちろん、行くに決まってるやないの！」

「でも……お店あるし……」

「そんなん心配いらへん。ベテランのお鶴《つる》さんもおるんやし、店のほうは任せても大丈夫や。その時間、抜けるだけやしなぁ。あっ、でも……若い人が多いと思うし、私が行っても一果は恥ずかしない？　誰かほかの人にかわってもらったほうがええんやろか？」

頬に手を添えながら、富紀は心配そうな表情になる。

「ううんッ、来てくれたら嬉《うれ》しい！」

一果がそう言うと、富紀は身をかがめて一果と目線を合わせながら微笑んだ。

「そんなら、行かせてもらお。一果が頑張ってる姿、ちゃんと見届けたいしなぁ」

「一果の授業参観、わしも行くぞッ！」

台所の戸がバッと開いて、風呂《ふろ》上がりのかっこうの平伍が顔を出す。話は廊下で聞いていたようだ。

「あら……お店、ええんですの？」

「臨時休業や。わしの紋付袴《もんつきはかま》も出しといてくれ。一果の晴れの日や」

平伍は、「ええな！」と言い残してすぐに戸を閉める。

「紋付袴って……そないけったいなかっこうで行くつもりやろか、あの人……」

一果と富紀は顔を見合わせ、一緒になって笑った。

＊＊＊

授業参観の日、教室の後ろに並べられた椅子に、保護者の人たちが座っていた。

もう授業は始まっているが、クラスのみんなも保護者が見ているということもあって、いつもより落ち着かないようだ。

一果が振り向くと、富紀が小さく手を振る。その隣には、緊張したように平伍が立っていた。富紀に言われて紋付袴はさすがに思いとどまったらしく、一張羅の冬物ジャケットを着ている。

国語の授業で、先生に当てられた捷太が席を立って指示されたところの音読をする。いつもは大きな声で読むのに、今日は珍しく小声になっていた。

「ほらッ、しっかり読みッ！」

後ろから大きな声を上げたのは、捷太のお祖母《ばあ》さんだ。まわりにいた保護者の人たちや、クラスのみんなが忍び笑いを漏らす。

捷太は赤くなりながらも、やけくそのように声を張り上げて最後まで読み切っていた。

それから、すぐに着席してバタッと机に突っ伏す。よっぽど恥ずかしかったのか、口から

「うぅ〜〜ッ」と声が漏れている。

一果は教科書で口もとを隠しながら、「フフッ」と笑った。

(野井くんも、ちゃんとお祖母さんに言うたんや)


「次は……雪平さん。読んでもらえる?」

先生に当てられた一果は、「はいッ」といつもより緊張して立ち上がった。


授業が終わると、クラスのみんなも保護者たちと一緒に帰っていく。

平伍と富紀も一果が帰る準備をして出てくるのを廊下で待っていてくれた。

「ほら、しゃんとしぃッ！　背中、曲がってんで」

お祖母さんにパシッと背中を叩《たた》かれた捷太は、「痛《い》って」と顔をしかめていた。

一果と目が合うと、少し不機嫌な顔のまま視線をそらす。

「約束は守ったからな……」

「なんの約束してたん?」

お祖母さんにきかれた捷太は、「なんでもないッ！」と慌てたように答えて走り出す。

その様子を見ていた一果は自然と笑みがこぼれていた。

つい最近まで、あんなに笑うことが難しかったのに、気づくと自然に笑えている。

「野井さんとこは、いつも賑《にぎ》やかやねぇ」

富紀は目を丸くしながら、捷太とお祖母さんの姿を見送っていた。「ええことやろ」と平伍が答える。

「おじさん、おばさん。今日は、来てくれてありがとう！」

一果があらたまってお礼を言うと、二人とも顔を見合わせて嬉しそうな顔になる。

「ほな、帰ろか」

平伍が一果の肩をポンッと叩いた。

「なんや、抹茶パフェ、食べとなりますねェ」

「店に善哉《ぜんざい》があるやないか」

「たまには、ええやないの。なぁ、一果？」

生徒と保護者が帰っていく賑やかな廊下を歩きながら、一果も平伍と富紀に挟まれながら歩く。繋《つな》いだ二人の手が温かった。

第三章

一

二月も終わり近くになった日の朝、いつもより早く目を覚ました一果《いっか》は、起き上がって窓を開く。

空はまだ薄暗く、空気が澄んでいて冷たかった。昼間は人の声がする表の通りも静かだ。寒くて、ふわふわのパジャマの袖《そで》をさすりながら窓を閉めようとすると、玄関戸の開く音がする。

下を見れば、もう仕事着に着替えた平伍《へいご》が、竹箒《たけぼうき》を持って外に出て行くところだった。

（おじさん、いつもこんな早《は》よから起きてるんや……）

いつも、一果が目を覚ます頃には朝御飯の準備も整っているから、平伍がいつ起きているのか知らなかった。

窓を閉めると、カーディガンを羽織ってすぐに部屋を出る。

台所の灯《あか》りもついていて、焼き魚やお味噌汁《みそしる》のいい香りが廊下にまで漂ってくる。富紀《ふき》も、もう起きているのだろう。

一果は階段を下りて玄関に向かうと、靴を履いて外に出た。

(まだ、寒いなぁ……)

暖かくなり、春を感じられるようになるのは三月に入ってからだろう。一果が表の通りに出ると、平伍は店の前を黙々と箒で掃いていた。

「おじさん、おはようございます」

「おはよう。早いやんか、一果。まだ布団に入っててもええんやで」

「目が覚めてしもたから。おじさん、毎朝、こんなに早よから掃除してるんですか？」

「そうや」

「……毎日？」

「表は店の顔やさかいな、キレイにしとかんとな。そのほうが、来てくれたお客さんも、気持ちええやろ？」

一果が学校に行く時も、帰ってきた時も、店の前にゴミが落ちていたことはなかった。それも、平伍が毎日こうして掃いてくれていたからだろう。

「おじさん、私がやってみてもええ？」

「ええけど……寒ないんか？」

「大丈夫。掃除、手伝わせてください」

「そうか。ほんなら、お願いしようか」

平伍は笑顔で一果に竹箒を渡した。平伍がちりとりとゴミ袋を取りに行っている間、一果は先ほどまで平伍がやっていたように、丁寧に店の前を掃く。

平伍と富紀は、親戚《しんせき》でもないのだから、本来なら一果を預かる義理はない。けれど、一果をこの家に迎え入れてくれて、親身になって世話をしてくれる。

父がいなくなり、不安で心細くて仕方なかったが、平伍と富紀が自分の家族として接してくれるから、ここにいていいのだと今は思えるようになった。

けれど、二人の優しさに甘えてばかりいるわけにもいかないだろう。

(うちも、お店のこと手伝《てつど》うたらあかんのかな……)

平伍と富紀は、毎日忙しそうに働いている。一果も家のことはできるだけ手伝うようにしているし、自分の身の回りのことはやるようにしているが、やはり二人の負担になってしまっているような気がした。

平伍は店が休みで、ほかの職人さんがいない時でも、作業場にいることが多い。仕込みをしたり、新しいお菓子の試作をしたりしているからだ。

富紀も普段なかなかできないぶん、休日は家の片付けをしたり、買い物をしたりと、あまりゆっくりしていない様子だ。

店を手伝えたら、二人も少しは楽になるのではないかと思えた。

(子どもやし……やっぱり、あかんのかな)

小学生が店で働くわけにはいかない。それくらいは一果にもわかる。

(家のお仕事やし、今みたいに掃除したりするくらいならええと思うんやけど……)

箒を動かすのをやめて、「うーん、どうなんやろ……」と考え込む。


「一果、もうええで。風邪ひくから、早よ家に入り。あとは、わしがやるさかいな」

平伍がちりとりとゴミ袋を手にやってきた。

「おじさん、明日《あした》からも早起きして、私も掃除やりますッ!」

「気ぃつかわんでええぞ」

「ううん、早起きすんの得意やから」

「そんなら、無理せん程度に頼もかな」

そう言いながら、平伍は一果が集めたゴミをちりとりで回収する。

朝早く、ゴミ出しに出てきた近所の女性たちが、一果と平伍が一緒にいるのを見て、

「あら」と物珍しそうに立ち止まった。

「緑松《りょくしょう》さん、おはようさんです」

「おはようさん。早いですなぁ」

平伍に続いて、「おはようございます!」と一果も急いで頭を下げる。

「お孫さん、おったんかいな。知らんかったわ」

「そんならそうと教えてぇな。水くさいわ～」

「大事なお嬢さん、預かってんのやッ!」

「雪平《ゆきひら》一果って言います。この家でお世話になっています」

一果は緊張しながらすぐに挨拶《あいさつ》をする。

「いや、しっかりしてんなぁ。かわいいわ」

「一果ちゃん、またねェ」

女性たちが笑いながら立ち去ると、平伍は照れ隠しなのか、「かなわんな」と顔をしかめていた。それから、「戻ろうか」と一果を促して門の中に戻っていく。

「はい」と返事をしてからも、一果は箒を手にその場に佇《たたず》んだまま、空がゆっくりと明るくなるのを眺めていた。

（ここでできること、あるはずやもん……）

＊＊＊

「おじさん、おばさん。私もお店のこと、手伝わせてもらえませんか⁉」

その日の夕飯の後、一果はこたつでくつろいでいる平伍と富紀に、思い切って頼んでみた。

平伍はよほどびっくりしたのか、飲みかけのお茶をひっくり返しそうになっている。富紀もポカンとした顔になっていた。

「急にあらたまって言うから……びっくりしたわ。そんなことせんかて、一果がここにおってくれるだけでええんよ？　気ぃつこてるんやったら」

一果と向き合った富紀は、心配そうな表情で言う。

「私もおじさんとおばさんの役に立ちたい思って……」

「それなら、もう十分役に立ってるわ。家の手伝いだってしてくれるし、今日の朝も、店の前、掃いてくれたんやろ？」

「そうや、一果のその気持ちだけで十分や」

平伍が富紀の言葉に大きく頷《うなず》いた。

「それだけやないんですッ。この家におるから、もっと和菓子のことも、お店のことも知りたくなったんです」

　富紀は一果が学校から帰ると、おやつに和菓子とお茶を用意しておいてくれる。それが嬉《うれ》しかった。

　父と二人で暮らしていた時も、たびたび、和菓子を買ってきてくれたから。

（和菓子のことを話してくれる時のパパ、楽しそうやったもんな……）

　父が親戚でもほかの誰かでもなく、一果をこの緑松という店に託していったことにも、きっと父なりの考えと思いがあるのだろう。

　それを、知りたい――。


「先生も家の仕事の手伝いをするくらいなら、大丈夫やって言うてくれたし……」

　子どもが店で働けないことは一果もわかっている。だから、学校で先生にも訊《き》いて確かめた。けっして、思いつきや軽い気持ちで言っているのではない。

　それを、二人にわかってもらいたくて、一果は正座したまま、自分のスカートを少し強く握る。

「宿題も勉強もちゃんとするし、お店に迷惑がかかるようなことは絶対しません。そやから、私にできそうなことがあるならさせてください。お願いします!!」

　頭を下げてお願いすると、難しい表情をしていた平伍が、「うッ！」と突然目頭を指で押さえた。どうやら、感極まったらしく、目に涙が滲《にじ》んでいる。

「偉いッ!! 一果は偉いなぁ……！ その心意気、立派やッ!!」

「急に泣かんでくださいッ！」

驚いたように言って、富紀が近くにあったティッシュの箱を差し出す。

「よし、わかった。これも社会勉強や」

「そやかて、急に手伝いて……一果が大変になりますやろ」

富紀は困ったように頬に手を添えて言った。

「そやなぁ」

平伍も腕を組んで思案してから、ふと思いついたように富紀のほうを向く。

「今度の日曜にあるイベント、やってもらうんはどうや？ 学校も休みやし、一日だけならそう心配もあらへんやろ」

「ああっ、そやね！ ちょうど、美弦《みつる》ちゃんに行ってもらおって思てたとこやし。ええかもしれんわ」

「どうや、一果。やってみるか？」

平伍にきかれた一果は、すぐに「やります！」と意気込んで答えた。

二

三月最初の日曜日、公園で行われたのは和菓子のイベントだ。

京都《きょうと》だけではなく、近隣府県の和菓子屋も出店しているし、コーヒー店や、お茶の店なども飲み物を提供しているため、芝生の広場はテントがひしめくように並んでいた。

雲のない快晴で、気温も普段より少しだけ高く、春の訪れを感じさせる陽気だ。

十時から開催されるため、どの店も今は準備に追われているようだ。

一果も、美弦と一緒に緑松のテントで看板を出したり、値札とおつりを用意したりする。

お店や茶房も通常通り営業しているため、今日のイベントに参加するのは一果と美弦の二人だけだ。

『楽しんで来たらええしね。美弦ちゃんは慣れてるし、お客さんもそんなに並ばへんと思うから。ほかのお店のお菓子も食べてきたらええし。お小遣い、いつもより多めに入れといたから』

出かける時、富紀は少し心配そうにしながらも、一果にふくれたがま口の財布を渡してくれた。

お菓子の名前や値段だけではなく、お客さんに尋ねられた時に困らないよう、そのお菓子の意味や特徴、材料など書いた紙も用意してくれた。

今日、イベントで出すお菓子は、緑松がいつも出している薯蕷饅頭《じょうよまんじゅう》や羊羹《ようかん》、餡《あん》入りのわらび餅《もち》や干菓子のほか、桜餅に、練り切りの紅白の梅、鶯《うぐいす》餅など春らしい和菓子だ。野外でのイベントということもあり、乾燥しないように透明な小さな箱に入っている。

「美弦ちゃん、値札並べたよ。これでええ？」

折りたたみのテーブルに白い布を敷き、木のケースにそれぞれお菓子を並べてから、見えやすい位置に値札を貼った。それは、昨日美弦と一緒に作ったもので、色鉛筆で和菓子の絵も描いた。

九時半を過ぎているから、もうすでにお客さんが訪れ始めている。ゲートのところでは、イベントスタッフたちが、参加する店の名前やテントの位置を書いたチラシを配っているところだった。

「ええよ。あとは、これも……」

美弦はコルクボードを取り出して、お会計場所のすぐそばに立てるようにしておく。ピンにひっかけてあるのは、団子や桜餅などのお菓子をキャラクターにしたかわいいストラップや、アクセサリー、マグネットなどのグッズだ。

「かわいいッ。それ、どしたん？」

「せっかくやから、作ってみたんよ。おばさんも一緒に売ってええって言うてくれたし。お試しやから、そんなに数作ってへんのやけど」

「もしかして、美弦ちゃんが作ったん？」

一果は驚いて美弦の顔を見上げた。

「うんッ、前からこういうの作るん好きやねん」

「すごくええと思う！」

「後で一果ちゃんにもあげるな」

「ほんま？　ええの？」

「特別に作ってきたから、よかったら使《つこ》て」

「ありがとう。嬉しい。お財布につけたい！」

一つ一つ手作りだからか、どれも表情が違っていて愛嬌《あいきょう》がある。

（美弦ちゃん、すごいなぁ）

高校生の美弦は、学校が終わってから店が終わるまでアルバイトをしているようだ。土日などは朝から夕方まで店にいることも多いと言う。

「美弦ちゃんは、なんでアルバイトしてんの？」

一果はおつりの小銭を準備しながら、そう尋ねてみた。前から、気になっていたことだ。

学校の勉強もしながら、アルバイトをするのは大変だろう。

「うち、弟が多くて家も大変やから、自分のお小遣いは自分でなんとかしようと思って。やりたいこともあったし……」

「やりたいこと？」

「趣味みたいなもんなんやけど……でも、まだぜんぜんやから！　音楽やろう思ったら、色々とお金もいるし……」

「音楽？　美弦ちゃん、音楽やってんの？」

驚いて訊くと、美弦は人差し指を唇に当てて少しぎこちなく微笑んだ。

「秘密な？　まだ、始めたばっかりやから……」

「うんッ！　でも、すごいと思う。美弦ちゃん、かわいいグッズも作れるし、音楽もできるやなんて。学校行きながら、アルバイトもしてるし」

「一果ちゃんかてすごいよ。こうして、お手伝いしてんにゃもん。うちの弟じゃ、考えられへんよ？」

美弦の弟は一果と同じくらいの歳のようだ。下の子はまだ幼いため、上の弟たちは両親の代わりに美弦が面倒を見ているという。

「私も早よ高校生になりたいなぁ……」

一果は小銭を数える手を止め、ぽつりと呟《つぶや》いた。

「……アルバイトしたいんや。一果ちゃん」

「うんッ。美弦ちゃんみたいになりたい」

「ええッ!?　一果ちゃんに憧《あこが》れられるようなことなんて一つもないよ?」

赤くなりながら、美弦はあたふたして言う。

「だって、自分のことちゃんと自分でしてるもん」

「待って、待って!　私、そんなしっかりしてへんよ?　失敗することも多いし、ぼんやりしてるって怒られることもあるから」

「全然、そんなふうには見えへんよ?」

富紀も美弦のことはしっかりしていると言っていたし、信頼しているようだ。今日、一果が手伝いをさせてもらえることになったのも、美弦が一緒だからだろう。

「今日は頼りにさせてもらうし、よろしくね。一果ちゃん」

美弦はそう言って笑う。話しているうちに、ちょうど十時になったようだ。

配られたチラシを手に、お客さんたちが続々と広場に入ってくる。目当ての店に、一目散に向かう人たちもいた。

人気のある有名店の前にはすぐに行列ができ、看板を持ったスタッフたちが「最後尾、こちらです!」と声を上げている。

「すごいなぁ……」

走って並ぶ人たちを見ていた美弦は、すぐにキリッとした表情になって一果のほうを向いた。

「うちらも負けんように、頑張ろなッ！」

「うんッ！」

「全部、売り切って帰る！」

「うんッ!!」

一果と美弦は向き合って、気合を入れるように拳《こぶし》を握った。

＊＊＊

「なんや……お客さん……あんまり、来《こ》おへんなぁ……」

「うん……」

イベントが始まって十五分ほどが過ぎたけれど、立ち寄ってくれるお客さんは数人だった。最初は頑張って売り込みをしようとしていた二人だが、すっかり声が小さくなってしまっている。

「……場所が悪かったんかなぁ？」

奥まった場所だから、そもそも人が足を運んでくれない。とはいえ、それは事前にくじ引きで決まっていたことなので不平を漏らしても仕方ないだろう。これも運だ。

「まだ、始まったばっかりやし！　きっと、お客さん、そのうち来てくれはるよ」

一果はしょげている美弦を励まそうと、明るい声を出す。

「そやな！」

美弦も少し元気を取り戻したように、すぐに笑顔になった。

とはいえ、後ろのテーブルには、お菓子のケースが積まれたままの状態だ。イベントということもあって、職人さんたちが昨日から下ごしらえをして、今日はいつもより早くから来て作ってくれた。

平伍が『一果、頼むで！』と、笑顔で見送ってくれたことを思い出す。

（初めてのお手伝いやのに……役に立たんかったら、次、させてもらえへん……ッ）

一果は両手を強く握りしめたまま前を向く。

「いらっしゃいませーッ!!　緑松の和菓子です！」

大きな声を出すのは苦手だが、今はそんなことを言っている場合ではない。

美弦もそんな一果を見て奮起したのか、「いらっしゃいませーッ！」と笑顔で声を出していた。

なにかを探すようにあたりを見回していた男性が、二人の声でふと足を止める。

コートを着た初老の男性だ。ポケットに手を入れたまま、チラッとテーブルに並んでいる和菓子に目をやる。

「い、いらっしゃいませ！」

「いらっしゃいませ！」

一果と美弦は緊張してすぐに挨拶《あいさつ》する。

「なんや……パッとせぇへんな……もっと、おもろいのないんか？」

そんな不機嫌そうな言葉に、一果も美弦も「えッ！」と、困惑して顔を見合わせた。

「あっ、定番の羊羹や、お饅頭もありますが、季節限定の生菓子も出していて……」

美弦がすぐにそう答えたが、男性は気に入らないのか「そんなこときいてへん」と、話を遮った。

「どこにでもよーある菓子や、言うてんのや」

「和菓子はお店によって味も形も違います。緑松のお菓子は、緑松にしかありませんッ」

一果が思わずそう答えると、男性はムッとした顔で睨《にら》んできた。

「子どもが偉そうに言うやないか。だいたい、なんや。大人はなにしてんのや？　子どもに店番さして、ままごとちゃうんやぞ」

周りに聞こえるような大きな声を上げるものだから、近くの店にいた女性客や、通りすがりの親子もこちらを見る。

気づいた時には人が集まっていて、周りがざわついていた。

「どこにおるんやッ、大人だせ、大人!!」

男性は威圧的な声でそう言い始める。

美弦はすっかり青くなってしまっていて、すぐに言葉が出てこないようだ。

(あかん……なんとかせな……)

一果は冷たくなっている自分の手をギュッと握りしめる。

(せっかく、おじさんが任せてくれたのに……うちのせいで、店の評判悪なることがあったら……けど、どうしたらええんやろ……)

口答えして、生意気と思われたのだろうか。男性の言い方につい、こちらもムキになってしまった。

(やっぱり、うちがまだ子どもやから……)

ジワッと涙ぐみそうになった時、不意に美弦が一果の手をつかむ。

「私ら、子どもと違います!!」

美弦は負けるものかというようにキリッとした表情になっていた。

(美弦……ちゃんッ!)

一果の手を握る彼女の手が、微《かす》かに震えているのがわかる。

「こ、このお店の看板娘ですからッ！！！」

恥ずかしかったのか顔を赤くして声を張り上げた美弦に、一果はポカンとした。

「ねッ！　一果ちゃん‼」

「そ、そうですッ、私も美弦ちゃんも看板娘ですッ！」

ハッとして、咄嗟《とっさ》に話を合わせながら大きく頷《うなず》いた。それから、二人でニコーッと笑みを作る。

「緑松の和菓子、よろしくお願いしますッ‼」

頭を下げると、男性は口を半開きにしたまま呆気《あっけ》に取られていた。そんな返し方をされるとは予想もしなかったのだろう。

「元気がええねぇ」

「かわいいなぁ、看板娘やて」

周りで成り行きを見守っていた人たちが微笑む。足を止めて様子を見守っていた子連れのご夫婦が、テントの前までやってきた。

「綺麗《きれい》なお菓子やねぇ。梅のお菓子白と紅と、両方買って帰る？」

「そやなぁ。母さんにもお土産で買って帰ろうか。春らしいし」

相談しているご夫婦のそばで、つま先立ちになった女の子が、「あっ、このお団子かわいい！」とストラップに興味を示した。

「梅のお菓子、白と紅を二つずつ、あと、鶯餅《うぐいすもち》が二つ……そこのお団子のストラップもください」

　さっそく買ってくれたご夫婦に、一果も美弦も「「ありがとうございます!!」」と笑顔で声をそろえる。

　一果はすぐに紙箱を用意し、お菓子を入れた。その間に、手際よく美弦がお会計をする。その手順も、昨日美弦と何度も練習した通りだ。

　お菓子をご夫婦に渡してから、ストラップを美弦お手製の紙袋に入れて、「はい！　ありがとう！」とその女の子に手渡す。

「ありがとう、おねえちゃん！」

　小さな女の子は、嬉《うれ》しそうに紙袋を受け取って真っ白な歯を見せていた。

「「ありがとうございました！」」

　子連れのご夫婦を見送るとすぐに、「羊羹《ようかん》とあん入りのわらび餅、いただける？」と老婦人が声をかけてくる。

　店の前に人だかりができていることに気づいて、二人は驚いて顔を見合わせた。急に忙しくなり、あたふたしながらお客さんの注文に応《こた》える。

「……そこの鶯の……二つくれ。あと、特上の羊羹一棹《ひとさお》……」

一果は「鶯餅二つと、特上の羊羹一棹ですね！」と、明るく答えてからふと相手の顔を見る。

（あっ、さっきの……）

ズボンのポケットから財布を取り出していた男性は、一果と目が合うとばつが悪そうな顔をしていた。

一果はすぐにお菓子を入れた箱と、すでに包装してある特上の羊羹の箱を紙袋に入れる。紙袋を手渡す時、「看板娘、頑張りや……」と男性は小さな声で一言、添えてくれた。それが嬉しくて、一果は笑顔になる。

「はいッ、ありがとうございます!!」

そそくさと立ち去る男性の後ろ姿に向かって、ペコッとお辞儀した。それからホッと胸をなで下ろす。

（最初はどうなるかと思ったけど……よかった。美弦ちゃんのおかげや）

一人だけではうまく受け答えできなくて、困ってしまっていただろう。

（うちももっと上手に言《ゅ》えるようになりたいなぁ……）

三

イベントに訪れる人の数も多くなったためか、緑松のテントの前も行列が途切れず、一果も美弦も休む暇もないほど忙しかった。

お菓子を補充しても、すぐに売れてしまい、後ろのテーブルに積んでいたお菓子のケースがどんどん空になっていく。

「美弦ちゃん、桜餅、あと三つや！」

「ええッ、ほんま⁉」

お客さんの注文を受けていた美弦は、「申し訳ありません、桜餅、残り三つになってしまって」と頭を下げていた。

「あらまァ、そうなの？　よう売れるねぇ。きっとおいしんやね。そんなら、桜餅一つと、わらび餅二つ、それと、そこのお干菓子もいただこうかしら」

「はいッ」

美弦が会計している間に、一果はすぐに箱にお菓子を詰めていく。

午前中が終わる頃には、一果も美弦もすっかり慣れて手際もよくなっていた。けれど、お客さんはまだ並んでいるのに、持ってきた和菓子はほとんどなくなっている。

そのことを告げて頭を下げると、せっかく来てくれたお客さんは「えッ、もうないんか！」と、残念そうな顔をしていた。

ほかの店のテントでも、「本日、完売です！」と声が上がっている。

「一果ちゃん、これ、よう見えるところに貼って！」

後ろのテーブルで紙になにか書いていた美弦が、それを一果に渡す。

『完売になりました。午後一時半から追加販売します』

紙に目を通した一果は、驚きながら美弦のほうを見た。

「美弦ちゃん、追加販売すんの？」

「うん、お菓子なくなりそうやったから、早めにお店に連絡したんよ。そしたら、追加で作ってくれはるて」

「そうなんや。美弦ちゃん、やっぱりすごいなぁ！」

（うち、お客さんの対応するんで精一杯やったのに……）

美弦は会計をする傍ら、ちゃんとお菓子の数を把握して、店のほうにも一果が知らない間に連絡をしておいてくれたようだ。もし、今から連絡をしていたら、午後からの分は間に合わないだろう。

「そんなことないよ！　失敗せぇへんか、ヒヤヒヤしてるもん」

美弦は「ひゃーッ、恥ずかしいな」と、赤くなった顔を両手で隠していた。

ちょうど正午になったようで、広場のチャイムが鳴る。

「追加のお菓子くるまで時間あるし、お昼にしようか、一果ちゃん。午前中、ずっと休憩できんかったもんね」

「うん。美弦ちゃん、お昼どうすんの？　なにか買《こ》うてくる？」

「せっかくやから、サンドイッチ作ってきたんよ。一果ちゃんと一緒に食べよう思って」

美弦は自分のリュックから、紙袋と水筒、それに紙コップを取り出す。そして、紙袋からパックに入ったサンドイッチを出してテーブルに並べた。

一種類は卵のサンドで、もう一種類はイチゴのフルーツサンドだ。

「わぁ、おいしそう。美弦ちゃん、料理もできるんや」

「簡単なものばっかりやけど……作るのは楽しいんよ」

美弦は水筒に入ってる紅茶を紙コップに注ぎ、一果に渡した。

湯気が立っていて、カップを持つ手がじんわりと温かくなってくる。

二人とも折りたたみのイスを出してきて腰をかけた。

「「いただきます！」」

手を合わせて言ってから、さっそくサンドイッチを手に取る。

「お父さんとお母さん、忙しいから……お弁当作ったり、お夕飯作ったり……あと、弟たちから、お菓子作ってってせがまれることもあるし」

「美弦ちゃんち、賑《にぎ》やかそうでええなぁ」

「賑やかすぎて困るくらいや。そやから、一果ちゃんといると妹ってこんなカンジなんかなって嬉しなるんよ」

「私も美弦ちゃんといると、お姉さんってこんなカンジなんかなって嬉しなる」

「ほんま?」

「うん」

だからだろうか。美弦とはあまり緊張せず話すことができる。

フルーツサンドを頬張った一果の目が輝いた。それからすぐ、美弦の顔を見る。

「美弦ちゃん、このイチゴのサンドおいしい! クリームたっぷりで、ケーキみたいや」

「気に入ってもらえてよかった。お腹いっぱいにして、午後からも頑張ろな、一果ちゃん」

「うんッ」

昼休みを取った後、平伍が車で迎えに来てくれたため、それに乗って一果は一度店に戻った。配達や仕入れに使っている仕事用の軽バンだ。

美弦はテントに一人残って店番をしながら、午後からの準備をしてくれている。その間に、一果は追加のお菓子を受け取って戻ることになっていた。

午後一時を少し過ぎているようだ。あまりグズグズしていては午後からの販売に間に合わなくなるだろう。

車を降りると、一果は急いで作業場の出入り口に向かった。

ドアを開いて中を覗《のぞ》いてみると、職人さんたちが慌ただしく動き回っている。今日は、イベント用の和菓子も用意しなければならないため、他の店からも職人さんが手伝いにきてくれている。

(甘い匂いがする……)

蒸籠《せいろ》から立ち上る香りだ。蒸《ふか》した饅頭《まんじゅう》が運ばれ、焼き印が押されていた。別の作業台では、政《まさ》が一つ一つ丁寧に、練り切りの梅の形を整えている。

茶房や店のほうを覗いたことなら何度かあるが、作業場を見るのは初めてだ。

休憩の時、お茶やまかないを運んだりと手伝いをすることもあったため、職人さんたちの顔は知っているが、こうして和菓子を作っている姿を見たことがなかった。

真剣な表情で、それぞれの仕事に集中している。

（お菓子……こんなふうに作られてたんや……）

生地も餡《あん》も、すべて一から人の手で作られていくため、こんなにも手間暇がかかるものなのだ。

（大切に作られてるんやなぁ……）

それもすべて、お客さんに喜んでもらうためだ。

一果は、和菓子を買ってくれた大勢のお客さんの顔を思い出した。

『綺麗《きれい》だね』

『おいしそうやな』

箱に並んでいる和菓子を見たお客さんたちは、そう言って目を輝かせていた。

梅の和菓子や、鶯餅《うぐいすもち》、桜餅などを見て、春の訪れを感じて心を弾ませていたお客さんたちもいただろう。

見ているだけで、心がほんわりと和んでくる。緑松の和菓子は、そういう和菓子ばかりだ。一口食べれば、その優しい甘さで顔もほころぶ。

一果もそうだ。学校が終わってから、富紀が出してくれる店のお菓子を食べると、その日落ち込むことがあっても、またすぐ元気になれる気がした。

父もそうだったのだろう。ふらっと和菓子を買いに行く時は、決まってなにかあった時だ。疲れた顔をしていても、一果と一緒に和菓子を食べて学校の話をして笑っていたら、いつもの穏やかで優しい表情に戻っていた。

今日、お菓子を買ってくれたお客さんたちも同じはずだ。

最初、怒っていたあの初老の男性も、今頃は緑松の羊羹《ようかん》や鶯餅を食べて、『今日はいい一日だった』と思い返してくれているかもしれない。

誰が買ってくれるのかはわからない。けれど、その誰かのために、その人が笑顔になってくれることを願いながら、店の職人さんたちは一つ一つ、丁寧に作っている。

「一果ちゃん、追加のお菓子できてるで」

一果が覗いていることに気づいた咲季《さき》が、ケースを抱えてやってくる。

「間に合《お》うたん、これだけやけど」

そう言いながら、外に出て車まで運んでくれる。

政も、「一果ちゃん、頑張ってな」と手を休めて声をかけてくれた。

「はい。行ってきます」

挨拶をしてドアを閉め、咲季の後を追って駐車場に向かう。

車の荷台にケースを積み込むと、咲季がバックドアを閉めた。

「それじゃあ、よろしく。終わったら、俺も片付け手伝いに行くから。撤収作業、あるんやろ」

「うん、ありがとう！」

一果は笑顔で言って車に乗り込む。

（このお菓子……早《は》よ、届けたいな……）


車で公園に戻ると、一果は平伍と一緒にすぐにケースをおろしてテントに向かう。

「一果、早めに終わって、戻ってきてもええからな」

平伍はあまり無理しないようにと、気を遣ってくれたのだろう。一果は「はいッ」と笑顔で返事をする。

美弦も心配だったのか、携帯を握ったままテントの外でソワソワしながら待っていた。

「一果ちゃんッ！」

「美弦ちゃん、間に合った⁉」

「ばっちりや。あと、五分あるから、早く用意しよ！」

テントの中にケースを運び込むと、急いでお菓子を箱に並べ、完売の札を値札に取り替える。ここまで一果を送り届けてくれた平伍は、テキパキと働く二人を見届けてから車に戻っていった。

「おっ、お菓子追加されたんか」

「よかったわー。さっきなかったから、戻ってきたんよ」

すぐに、お客さんたちがテントの周りに集まってきた。一時半ぴったりの時間になっていた。緑松の和菓子を買いたくて、待っていてくれたのだろう。

二人とも、間に合ったことにホッとしながら笑顔で挨拶《あいさつ》する。

「「いらっしゃいませ!!」」

＊＊＊

三時になる頃には追加のお菓子も完売になり、店から咲季が片付けの手伝いにきてくれて撤収作業に取りかかった。

ケースや道具などを車に積み込み、借りていた椅子やテーブルは返却する。

四時にはイベント終了だ。その前にどの店もほとんどのお菓子が完売したようで、同じように片付けをしている。

午後からは風も出てきたため、冷え込んできて、広場にいるお客さんの姿もずいぶんと減っていた。

車に乗って店まで帰り着くと、道具の入った紙袋を抱えて降りる。咲季がバックドアを開けて、積み重なった空のケースを運び出してくれていた。

「咲季くん、ありがとう。片付け、手伝《てつど》うてくれて」

「ええよ。二人ともお疲れ様」

咲季は空のケースを抱えて作業場の出入り口に向かった。

職人さんたちも、今日は朝から大変だっただろう。店舗も通常通りに営業しているため、いつものお菓子に加えて、イベント用に多く作らなければならなかった。その上、追加の分も大急ぎで用意してくれたのだ。みんなが協力してくれたからできたことだ。

一果が美弦と一緒に店に戻ると、待ちかねたように富紀が奥から出てきた。

「二人とも、ご苦労さん！　寒かったやろ。今、お客さんいはらへんし。そこ座ってて。お茶とお菓子持ってくるさかい」

そう言いながら、富紀はすぐに奥に戻る。

「一果ちゃん、今日はありがとう。一果ちゃんおってくれてほんとよかった。私だけじゃ、全然できへんかったから」

「私も美弦ちゃんと一緒にやれてよかった。初めてのことやし……緊張して、うまくできへんかったけど……」

「そんなことないよ！　一果ちゃん、しっかりしてるから大助かりやった」

忙しくて大変だったけれど、不思議と気持ちはスッキリしていて疲れを感じなかった。無事にやりきったという気持ちのほうが大きいからだろうか。

富紀が出てきて、茶房の席に座っている二人の前に、温かいほうじ茶とお菓子ののった皿をおいた。それは、今日のイベントでも売っていた紅白の梅のお菓子だ。

「ほんま、大変やったね。しんどかったんとちがう？」

富紀にきかれて、一果は首を横に振った。

「美弦ちゃんと一緒にやれて、楽しかったです！」

「そんなら、よかったわ。美弦ちゃんも、ありがとな」

一果と美弦は「「いただきます！」」と、さっそくお菓子の皿を手に取る。

一果のは紅の梅で、美弦のは白の梅だ。

「このお菓子、お客さん、みんな綺麗やって喜んではった」

一果は梅のお菓子を見ながら思い出す。こうして見ると、梅の花がふんわりと咲いているようで、いつまでも眺めていたくなるほどかわいらしい。

今日、イベントに来てくれたお客さんたちの顔を思い返しながら、一果は切り分けた梅の花を口に運ぶ。

（やっぱり、おじさんたちの作る和菓子、優しい味がする）

疲れもスッと消えてなくなるような気がした。

今日買って帰った和菓子を食べたお客さんも、同じように幸せな気持ちになってくれるのだろうか。

（そうやとええなぁ……）

頬張った一果の顔がほころぶ。

春の訪れを感じて、心までふんわりと浮き立つような気がした——。

＊＊＊

朝、外が明るくなり始めた頃に起きた一果は、すぐに窓を開く。いつもと同じ時間に平伍が表に出るのが見えて、急いで部屋を出た。

階段に向かおうとすると、足音で気づいたのか、富紀が台所から顔を出す。

「一果、今日も掃除手伝うんか？」

「おはようございます。おじさんが出るのが見えたから」

富紀はそばにやってきて、「そんなら、これ」と自分のショールを肩にかけてくれた。

「まだ朝は冷えるやろ。風邪ひいたらあかんから……」

富紀は「行っといで」と、しっかりと巻いてくれたショールをポンッと叩《たた》く。

「行ってきますッ」

一果は急ぎ足で玄関に向かい、靴を履いて外に出た。

平伍は一果が表の通りに出てくると、「おはよう」と挨拶しながら用意しておいてくれた箒《ほうき》を一果に渡す。一果も「おはようございます」と、挨拶しながら受け取った箒でさっそく掃き始めた。

一果が朝の掃除を手伝うようになってから、平伍はいつも箒を二本持って出るようになった。

一緒に通りを掃きながら空に目をやる。

（前より、明るなんの早いなぁ……）

富紀の言う通り、早朝はまだ冷えるものの、掃除を始めた頃の凍《い》てつくような寒さはない。

（ここに来て、もうすぐ二ヶ月経つんや……）

なんだか、もっと前からこの緑松にいるような気がするのはここでの暮らしにも、ここにいる人たちにも馴染《なじ》んできたからなのだろう。父と暮らしていた頃が少し遠のいた気がして、ふと胸にさみしさがよぎる。

けれど、忘れたわけではないし、忘れられるものでもない。

気を取り直すように少しだけ深呼吸してから顔を上げた。

「おじさん、お店の手伝い、これからもやってみたい。学校終わってから、少しだけでもええからやらせてもらえませんか？」

一果が真剣な顔をして頼むと、平伍は箒を動かす手を止め、考えるように顎《あご》にその手を添える。

「学校が終わってからか……そやなぁ」

「ちゃんと宿題もするし、家の手伝いも怠けたりしませんッ！」

勉強は苦手ではない。宿題は休み時間も利用すれば早く片付くはずだ。

「……けど、仕事手伝うんは大変やぞ？」

「イベントの手伝いして、お客さん喜んでくれるの見てたら……もっとやってみたいって思ったんです」

少しでも、幸せな気持ちを届ける手伝いをしたい。それはイベントが終わってから、ずっと考えていたことだ。

平伍は急に涙ぐんで、一果に背を向ける。

「……一果がどうしてもやりたい言うんなら、やってみたらええやろ……ッ」

ぶっきらぼうに言うと、ズズッとはなをすすっている。その言葉に、一果の顔がパッと輝いた。

「おじさん、ありがとう！」

「無理したらあかんで。できる時だけや」

「はいッ！」

一果は元気よく返事をして、掃除の続きに戻る。

「ほんま、ええ子や……」

平伍は眉間《みけん》を指でつまみながら、眩《まぶ》しそうに朝日を見つめていた。


三年生最後の修了式の日、学校から帰った一果は緊張しながら店に入る。

今日からこの店の手伝いをすることになっているからだ。

すぐに、奥から富紀が出てきて、「一果、こっち、こっち」と手招きする。

連れて行かれたのは、従業員さんたちが着替えや荷物をおくために使っている更衣室だ。

「この店の制服は大人用で大きいから……急いで直してみたんよ。寸法は合うと思うんやけど」

富紀は「ちょっと、着てみて」と、折りたたんである制服を一果に渡す。

（うちの制服……作ってくれたんや。おばさん）

着物のようになった上着と、動きやすいズボンがセットになっている。それにエプロンを着けるのがこの店の制服だ。大人用の制服を一果に合うように縫い直してくれたようだ。だから、ほかの人たちと形も色柄もおそろいだ。

「ああっ、よかった。上はぴったりやね。ズボン、緩《ゆる》ない？」

一果が着替えると、富紀はその前に両膝《ひざ》をついてズボンの緩さを確かめる。

仕事を手伝いたいと言った時、富紀は少し渋っていた。

学校の勉強もあるのに、仕事も手伝うとなると一果が疲れるのではないかと心配したようだ。それに、仕事となれば楽しいことばかりではない。

それでも、最後には一果の願いを聞き入れてくれて、準備をして、こうして制服も作ってくれた。

「おばさん、ありがとう」

「一果がこの家のこと好きになってくれたら、嬉《うれ》しいもんなぁ……」

表情を和らげた富紀の目尻《めじり》に少し皺《しわ》が寄る。黒いエプロンを一果の腰に巻くと、紐《ひも》を前でギュッと縛った。

「ほら、できた。後は髪を結ぶだけや」

髪を後ろでキュッとお団子に結んでから、「おかしないかな？」と部屋の壁にかけられている姿見で確かめる。

「よう似合《にお》てるよ。そうや、写真撮ろッ！」

富紀はパチンと手を打って、すぐに立ち上がる。

更衣室に入ってきた制服姿の美弦が、店の服を着ている一果を見て目を丸くした。

「わァ、一果ちゃんかわいいッ!! 今日から、店の手伝いするんやったね！」

「美弦ちゃん、よろしくお願いします！」

一果が挨拶すると、美弦は「こちらこそ！」と笑顔で答えた。

「美弦ちゃん、一果と一緒に撮らへん？」

携帯を用意しながら富紀がきく。

「えッ、私も!?」

「うんッ、一緒に撮ろ」

一果が照れくさそうに言うと、「待って、私も着替えるから！」と美弦は荷物をおいて、急いでブレザーを脱ぎ始める。

美弦が店の制服に着替えるのを待ってから、窓のそばに並んだ。

おそろいの制服がなんだか嬉しくて、二人一緒にVサインを作って笑顔になる。

「今日は記念日やもんな」

写真を撮ると、富紀はそう言ってにっこりしていた。

第四章

一

店を手伝うようになったばかりの頃は、慣れなくて戸惑うことも多かったが、夏休みが終わる頃には、一果《いっか》もすっかり店に馴染み、常連さんに声をかけられることも多くなっていた。

一果の顔を見るのが楽しみと、足を運んでくれる人も多い。それが嬉しくて、九月に入っても、一果は学校が終わるとすぐに店の手伝いをする日々を続けている。

店で出される和菓子は季節によってかわる。春には、菜の花、桜など、ふんわりとしたかわいらしいお菓子が出ていたが、夏になると水羊羹《ようかん》や、水饅頭《まんじゅう》などの冷やして食べる和菓子や、六月の梅雨の頃には紫陽花《あじさい》、七月になれば七夕や夏祭りをイメージした錦玉《きんぎょく》羹《かん》や、祇園《ぎおん》祭に合わせたお菓子が並んでいた。

新しいお菓子が並ぶたびに、新しい月の始まり、季節の始まりを感じて、心が浮き立ってくる。

それは一果だけではないようで、お客さんたちも来るたびにかわるお菓子を楽しんでくれているようだった。

和菓子は節目と関わりが深いものなのだろう。季節だけではなく、卒業や入学、七五三や成人式、結婚式などの人生の節目でも、お菓子を注文しにくる人は多い。

誰か大切な人のもとを訪れる時、手土産に買っていくお客さんもいるだろう。『久しぶりに、お友達に会うのよ』と、嬉しそうに言いながら買っていった人もいた。

その人は、友達とお菓子を食べてお茶を飲みながら、話に花を咲かせているのだろう。そんなことを想像しながら、店を手伝うのは不思議な気持ちがして、一果にとっては学校の友達たちといる時とは違ったやりがいと楽しさを感じられた。

九月に入り、今日から店のお菓子は夏のお菓子から秋のお菓子にかわる。

それが、一果は朝から楽しみだった。一ヶ月前から、平伍《へいご》は毎晩、秋に出すお菓子のことを考えていた。一果が夕飯を食べて宿題をして、寝床に入る頃になっても、店の作業場に灯《あか》りがついていたこともあった。お菓子の試作をしていたのだろう。

(どんなお菓子になったんやろ……)

早く見てみたくて、店に向かうのも少しだけ急ぎ足になる。

「あっ、一果ちゃん」

廊下にいた咲季《さき》に呼ばれて、その足を止めた。

「咲季くん。どしたん？」

「今、旦那《だんな》さんが病院に行ってて、女将《おかみ》さんも一緒に付き添ってんねん。一果ちゃんに心配せぇへんよう伝えてくれって」

「えッ、おじさん、どこか具合が悪うなったの？」

今朝、一果が学校に行く時には、いつも通り元気そうだったから驚いて訊《き》いた。

「いつものことやけど、検査がなかなか終わらんみたいやで」

「いつものこと？」

「ああ、そうか……一果ちゃん、知らんよな。旦那さん、たまに腰の具合がひどなるんよ」

「大丈夫なんかなぁ？」

平伍は家でも腰をさすっていることが多かった。このところ、遅くまで起きて作業をしていたから、無理をしすぎたのかもしれない。

「大丈夫やろ。悪い病気やったらあかんから、念のために検査してもらうって」

「今日中に帰れはるの？」

「検査次第と思うけど……なんも異常なかったらそやろな」

一果は「そうなんや……よかった」と、胸をなで下ろした。

「電話では、夕方には戻るからって言うてはったよ。あっそうや。秋のお菓子な、旦那さん戻ってから出すことになったから。一果ちゃん、楽しみにしてたみたいやから、一応話しとこう思って」

「ありがとう、咲季くん。教えてくれて」

「女将さん、今日はお店の手伝い休んでもええって言うてはったで」

「茶房も忙しいと思うから……美弦《みつる》ちゃん来るまではお店におるよ」

富紀《ふき》がいないぶん、人手が足りないはずだ。

「そやな。頑張るな、一果ちゃん」

「咲季くんもお疲れさま」

職人の咲季や政《まさ》も、今日は注文も多かったようだから忙しかっただろう。

一果は笑顔で言って店に向かった。

平伍と富紀が病院から戻ってきたのは、午後五時を過ぎた頃だ。

「すまんかったなぁ、一果。心配かけて」

茶房でお客さんが帰った後のテーブルを片付けていると、仕事着に着替えた平伍がやってきた。

「おじさん、もうええんですか?」

「たいしたことあらへん。ただの検査や」

「病院に行く前は大騒ぎしてたやないの。もうしまいや。あかーんって」

奥から出てきた富紀が呆《あき》れた顔をして言う。

富紀も病院から戻ってきてから、すぐにいつもの着物と割烹着《かっぽうぎ》に着替えたようだ。

「そないなこと言うてへんやろッ」

「言うてました」

「なぁ?」と、富紀に話を振られたが、一果はその場にいなかったからわからない。けれど、病院が苦手な平伍が、仕事を休んでまで診てもらいに行ったのだから、よっぽど辛《つら》かったのだろう。

「おじさん、元気そうでよかった」

一果がホッとしながら言うと、平伍の大きな手がポンッと頭にのった。

「一果が秋のお菓子、楽しみにしてくれてんのに、休んでるわけにいかんからなぁ」

そう言って、クシャッと皺を作る。

「一果、お客さんもおらへんから、休んでええよ。お茶とお菓子持ってきたから」

富紀がお盆にのせているのは、ほうじ茶とお菓子の皿だ。

「ええんですか？」

一果がきくと、「一果には試食してもらわんとな」と平伍も笑顔で頷《うなず》く。

茶房の席に座ると、富紀が一果の前にお皿と湯飲みをおいた。

その皿にのっているのは、淡い赤色の菊のお菓子だ。普通の菊のお菓子と違い、上に裏ごしされたふんわりとした白の練り切りがのっている。

「もうすぐ、重陽《ちょうよう》の節句やからな」

「重陽？」

「秋の節句や。奇数が陽で、偶数が陰の数ってされてるから、九月九日は陽が重なるって意味で重陽や。別名、菊の節句とも言《ゆ》うんやで」

「そやから、菊のお菓子なんですか？」

一果がきくと、「そうや」と平伍は頷いた。

「これは、着《き》せ綿《わた》言うてな。重陽の節句のお菓子や」

重陽節には、菊の花に真綿をかぶせて一晩おき、長寿や健康を願いながら、菊の香りがしみこんだその真綿で顔や体を拭《ふ》くという風習があったようだ。

その風習をもとに作られたのが、この『着せ綿』というお菓子だ。

「そんなら、この上にのってる白いのが綿？」

「一果が元気でいてくれるようにな」

「おじさんもや」

「ほんまや。お医者さんにも、日頃の不摂生が原因って言われたんやし。ええ機会やから、運動でも始めたらどうです？　そうすれば、ギックリ腰も治りますやろ」

　富紀に言われた平伍は「かなわんな」と、帽子を目深くかぶりながら作業場に戻っていった。

＊＊＊

　その日の夜、一果はお風呂《ふろ》に入ってからパジャマに着替えて居間に向かう。戸の隙間から漏れた灯りが廊下に伸びていた。二人とも夕食を食べ終えてから、テレビを見ているのだろう。平伍も長時間の検査で疲れたのか、今日は早めに仕事を終えたようだ。

　お風呂から上がったことを伝えようとした時、二人の話し声が聞こえてくる。

「政もわしも、いつまでも元気ってわけでもない……この店、わしらの代で終わらすわけにもいかんのやし」

「そやねぇ……ほんまは和《なご》むが……」

「あれのことは言わんでえぇ……好きにさせたんや」

「わかってます」

（……ナゴム……って？）

二人が話しているのは、店の跡継ぎのことのようだった。

（おじさん、検査の結果……悪かったんやろか……）

不安になって、一果はその場で二人の話に耳を傾けていた。

この緑松《りょくしょう》は、先代が始めた店で、平伍が二代目を継いだと聞いている。政はその先代の頃から一緒に店を支えてきた職人さんだ。けれど、政も平伍も、この先ずっと元気でいられるとは限らない。

平伍と富紀がこんな話をしているのも、健康に不安があるからだろう。

毎日遅くまで立ちっぱなしで仕事をしていれば、体にも負担がかかる。

「この店、任せられるええ人がおったらええけどなぁ……」

「まあ、なんとかなるやろ……今、考えたってしゃぁないことや」

平伍は話を終えると、考え込むように黙っていた。

（この店、任せられる人……）

もし、平伍のかわりに作業を手伝えたら。そんな思いがよぎったけれど、それは一果には無理なことだろう。作業場では職人さんたちが働いている。そこに子どもが入っていっても邪魔になるだけだ。

お菓子を作るのは簡単なことではない。下積みから始めて、何年も修業して、ようやく一人前になれる。政や平伍もそうやって技術を身につけ、職人になったのだ。

咲季も今はそのためにこの店で修業している。

（何年、かかんのやろ……）

一年や二年でできるようなことではないだろう。十年、二十年――それ以上、かかるのかもしれない。

お菓子には、そうした職人さんが長い時間かけて、苦労して身につけてきた技術が生かされている。それでこそ、人に出せるものになるのだ。『お手伝い』でできるようなことではないのだろう。諦《あきら》めるようにため息を吐いて、一果は戸を開いた。

「おじさん、おばさん。お風呂、あがりました」

声をかけると、座卓で麦茶を飲んでいた富紀が一果を見てすぐに笑みを作った。

「お疲れさん、一果。ありがとなぁ。店手伝《てつど》うてくれて、ほんま助かってるんやで」

「一果が店手伝うようになって、半年経ったんか……早いなぁ」

あぐらをかいた平伍が、しみじみした口調で言ってから、広げていた新聞を折りたたむ。

「大変やないか？」

「大変やないです。楽しいし……もう慣れました」

「しんどい時は休んでもええんよ？」

富紀が座った一果に、麦茶をいれてくれた。

「大丈夫、無理はしてません」

「すっかり、一果を頼ってしもてるわ」

富紀は頬に手をやって、短いため息を吐いた。

「ううん、そのほうが嬉《うれ》しいから、ええんです」

「お店、手伝うようになってから、一果も前よりよう話すようになったし、人見知りせんようになるんなら、ええかもしれへんね」

お店を手伝うようになってから、お客さんと話すことも多くなった。緑松の常連さんは話し好きな人が多い。世間話をすることもあるし、悩みを打ち明ける人もいる。

みんな、誰かに話を聞いてもらいたくて仕方ないのだろう。

緑松の茶房に立ち寄り、お菓子を食べながら、その和やかな雰囲気に浸り、一果や馴染《なじ》みの人と話をして帰って行くのを日々の楽しみにしている年配の方もいる。

そうした人と接しているうちに、この緑松に来た頃はあまり人と話すことは得意ではなかった一果も、自分から声をかけられるようになった。

以前は、大人や初めての相手だと緊張してうまく言葉がでなかったが、今では平気だ。夏休み後の三者面談でも、学校の先生に、『転入してきたばかりの頃より、堂々と人前で話せるようになって、しっかりしてきましたよ』と褒められた。

緑松での手伝いが役立っているのだろう。先生の話を聞いた富紀も、「そうですか？」と嬉しそうな顔をしていた。

最初は続けられるのかどうか不安があったものの、今は続けたいという気持ちが大きくなっている。

「お店の手伝いは、このまま続けさせてください」

「一果が手伝うてくれるほうが、店も明るくなるしなぁ。もう立派なうちの看板娘やな」

平伍は笑って一果の頭を撫《な》で、「部屋戻って、休みや」と言ってくれた。「はいッ」と返事をしてから立ち上がる。

「お休みなさい」

「ああ、お休み」

一果は笑顔を二人に向けて居間を出る。

戸をパタンと閉めてから、フッと小さな息を漏らした。

「今のままで、ええんかな……」

平伍と富紀にこんなにもよくしてもらって、面倒をみてもらっている。

店の手伝いをすることで二人も喜んでくれるし、役にも立てているだろう。

けれど——。

『この店、わしらの代で終わらすわけにもいかんのやし』

部屋に戻り、宿題を終えて布団に入っても眠れずに、平伍のその言葉を、ずっと考え続けていた。

＊＊＊

翌日、学校が休みだった一果は、昼のまかないを作っていた富紀を手伝って、番茶の入っているヤカンを仏間に運ぶ。

昼食を食べていたのは咲季一人だ。親子丼を食べ終えて、一休みしているところだったのだろう。湯飲みに番茶をいれて運ぶと、一果はそのそばに正座した。

「あんな、咲季くん」

番茶を出しながら、遠慮がちに声をかける。

「どしたん？」

「咲季くん……ナゴムさんって、誰か知ってる？」

「和さん？　ああ……話なら聞いたことあるよ。会ったことない人やけど。俺がここに来た時には、もうおらんかったし」

咲季は「ありがとう」と、湯飲みを持ち上げて一口飲んだ。それから、「急になんで？」と首を傾げて一果を見る。

「昨日、おじさんとおばさんが話してたから……誰やろって気になって」

「ふーん。旦那《だんな》さんも、店では和さんの話、あんまりせぇへんしなぁ。政さんなら知ってるんとちゃう？」

一果は迷うように、「うん……」と返事をした。

「旦那さんと女将《おかみ》さん、やっぱ和さんに戻ってきてもらいたいんかなぁ……」

そう呟《つぶや》いた咲季の顔を、「え？」と見る。

「いや……和さんの話、してたって言うから。珍しいな思って」

咲季はそう言葉を濁す。一果がジッと見ていると、困ったように頭の後ろに手をやってから、知っていることを話してくれた。

和というのは、平伍と富紀の息子で、本来ならこの店を継ぐはずだったのだが、自分のやりたいことがあると言い、大学を卒業してすぐにこの家を出て行ってしまった。それ以来、戻ってきていないという。

だから、平伍と富紀は昨日、あんな話をしていたのだろう。

(そんなら、やっぱり店……どうなってしまうんやろ……)

「あっ、俺が話したことは秘密な。あんまり、ええ顔されんと思うし……俺も事情はよう知らんねん」

咲季は苦笑しながら、人差し指を唇に当てる。

咲季も、自分が来る前の話ではそれ以上のことは知らないのだろう。

「……咲季くんは、この店継いだりせんの？」

一果はふと思ったことを尋ねてみた。咲季が店にいるのは修業のためだとは聞いている。けれど、それ以上のことは知らない。

「えッ!? 俺？ 俺は修業させてもろてる身やし……それに、実家の店があるからなぁ……」

「咲季くんの実家も和菓子屋さんなん？」

「饅頭《まんじゅう》屋なんよ。兄が店、継ぐことになってるけど、俺は……その手伝いせんならんねん。兄だけじゃ大変やし。俺がこの店で和菓子勉強したら、今ある饅頭だけやなくて、もっと色々出せるようになるし、店、広げることもできるんやないかて……」

話してくれる咲季の顔を、一果はそばに正座したままジッと見ていた。

そんな一果の視線に気づいて、咲季は「まだ全然、わからんねんけどな」と、恥ずかしそうに笑う。

「そうなんや……咲季くん、すごいなぁ……」

「えッ、な、なんで？」

「ちゃんと、家のこととか……考えてるもん」

けれど、咲季もいずれは実家の店に戻ってしまうということだ。政のように、ずっと店にいてくれるわけではない。勉強のためにこの店の手伝いに来てくれているほかの職人さんたちもそうなのだろう。

「まぁ……和さんがおったら、もっと違ったのかもしれんけどなぁ……」

咲季も心配そうに呟いていた。それから棚の上の時計を見て、「あっ、まずい。時間や」と慌てたように腰を上げる。

「一果ちゃん、お茶ごちそうさま。それと、どんぶりもおいしかったって、女将さんに言うといて！」

どんぶりと湯飲みを残し、咲季は急いで仏間を出ていった。

そうゆっくり休んでいる暇はないのだろう。

二

翌週の国語の授業で、宿題が出された。

「テーマは、〝将来なりたいもの〟です。みんな、ちゃんと真面目に考えてきましょう。もう、四年生なんだから、億万長者とか、最強のラスボスとか書かないこと！」

教壇に立った先生が、「特に野井《のい》くんッ！」と名指しで注意する。みんなに笑われた捷《しょう》太《た》が、「なんで、俺ッ」と不服そうな声を漏らした。それからすぐに、隣の男子とまたふざけ合っている。

授業が終わると、みんなすぐに給食の準備に取りかかっていた。

昼休み、給食の後掃除が終わると女子たちが一果の席に集まってきた。

午後の授業まで、あと五分ほど時間があるため、クラスの男子も女子もそれぞれおしゃべりをして楽しんでいる。

「みんな、作文で書くこと決まったん？」

「私、どうしよう〜。今を生きることで精一杯や！」

「自由に書いたらええやんか。ただの作文なんやし」

「そんなら、トップモデルって書くわ～」

「私、獣医さんがええなぁ。犬好きやし」

「それ、ええね！　似合《にお》てるよ。一果ちゃんは？」

　プリントを見ていた一果は、「私？」と顔を上げてきき返す。

「うん、決まった？」

「ううん……なんにしようかて、まだ悩んでて……」

　一果は「思いつかへんなぁ」と、ごまかすように笑みを作った。

「そやなー。そんな難題出されても困るわ。私らまだ小学生やのに。まずはどこの中学に行くかやろ」

「みんな行く中学決まってるんやない？　私立とか行く人もおるけど」

「それもそうや。悩まんでええから楽やけどな」

　一果が近くの席を見ると、捷太が周りの男子たちの話を聞き流しながら、鉛筆を手に考え込んでいる。

　机の上に広げているのは、先ほどの授業で出された作文のプリントだ。家に持ち帰らず、昼休み中に書き終えてしまうつもりなのだろう。

「野井くん……もう書くこと決まったん？」

一果がきくと、捷太が腕を組んだまま振り向く。

「決まってないから、こうやって考えてんのや。雪平《ゆきひら》は決まったんか？」

「ううん……全然」

「ああ〜〜〜ッ、くそッ！　なんもわからへんッ。先生に先回りして言われるし！」

頭を抱える捷太を見て、女子たちが笑う。

「億万長者って書こうとしたんやろ？」

「違うわッ、ラスボスって書こうとしたんや……」

「先生、野井くんのことようわかってるわ」

「やかましいから、集まんな。宿題しとけ！」

捷太は手を払って宿題に集中する。悩んでいるのか、「うーんっ」とその口から声が漏れていた。

（うちの将来……なにすればええんやろ……）

好きに思いついたことを書けばいい。必ずそれを目指さなければいけないというようなものではないだろう。そこまで重い宿題ではない。

今の緑松の手伝いは楽しいし、続けられる限りは続けたいと思っている。

お客さんと接するのは好きだ。緑松の従業員さんや職人さんも、みんな温かくて優しく、そうした人たちの作るほんわかとした雰囲気が居心地いい。だから、お客さんも足繁《あししげ》く通ってきてくれるのだろう。

そうした店の雰囲気を作っているのも、守っているのも、平伍と富紀だ。色々と世話になっているのだから、二人の力になりたい。

けれど、不安や迷いが胸の中にモワモワと広がってくる。

（うち、いつまで、あそこにいられるんやろ……いてええんやろ……）

考えてもわからなくて、一果はため息を吐くと、見ていたプリントを折りたたんで机の引き出しにしまう。

友達の言葉を思い出し、『ほんま、そうやわ』と心の中で呟いた。

今を生きることで、精一杯だ——。

＊＊＊

休日、一果は仏間の掃除を手伝っていた。箪笥《たんす》の上には、旅行のお土産で買った小さな置物や、写真立てが並んでいる。それにはたきをかけていると、パタッと額に入っていた写真が倒れた。すぐに直そうとしたが、奥に隠れていた写真立てに気づいて手を伸ばす。

ずいぶんと前に撮ったらしい色あせている写真だ。

場所は店の前だとすぐにわかった。店構えは今と変わっていない。

（おじさんとおばさんや……）

平伍はスーツ姿で、富紀は着物姿だった。二人の間で、ピースをして笑っているのは、半ズボンの少年だ。

（これ、ナゴムさんって人……？）

あまり目につく場所におきたくなかったのだろうか。それでも、ここに飾られていたということは、大事な思い出の写真なのだろう。

「一果、ここにおったの」

仏間に入ってきた富紀は、一果に声をかけてから仏壇の前に座る。花を替えていたのだろう。花瓶を置いてから、花の位置を整えていた。そして、手を合わせてから、そばにやってくる。

一果が見ていた写真に気づくと、『あら』という顔をしていた。

「その写真……もうすっかり忘れてたわ。どこ行ったんやろって思ってたのに。一果が見つけてくれたんやね」

富紀は一果から渡された写真を見て、懐かしそうに目を細める。

「和の入学式の日や……私、こんなに若かったんやね。この頃はそこそこ綺麗《きれい》やろ？」

「おばさん、今でも綺麗や」

一果がそう言うと、富紀は「フフッ」と嬉《うれ》しそうに笑う。

「ほんま、一果の口が上手なんはお父さん譲りやね」

「おばさん、このナゴムさんって……？」

一果は思い切って尋ねてみた。ずっと気になっていたからだ。

富紀は一果を見てから、「ああ、そうか……」と呟《つぶや》く。

「一果には言うてへんかったね。和は息子で、今は家におらんのよ。やりたいことあるって……」

「やりたいこと？」

「音楽がやりたかったみたい。高校の頃から好きでいっつもギター弾いてたから」

富紀は写真を見つめながら微笑む。

「その人もパパみたいに、音楽やってるんや……」

ライブハウスでいつも演奏していた父の姿を思い出した。

「一旗あげるまで店の敷居は跨《また》がん言うて、大見得切って出ていったわ」

富紀は呆《あき》れたように小さくため息を吐く。

「今も音楽やってはるんですか？」

「そやなぁ。まだ、栗かぶってどっかで楽しく歌ってんのやろ」

一果は「栗？」と、首を傾げる。どういう音楽をやっている人なのか、富紀の話からは想像がつかない。

「もう……帰ってきはらへんのですか？」

「さあ、どうなんやろね……まだ、一旗あげられてへんのとちゃう？」

富紀は「そのうち、うちのお菓子でも送って様子きいてみるわ」と、笑っていた。


富紀が仏間から出て行った後、一果はもう一度写真を見る。

少年と目が合ったような気がした。

こんなに温かい居場所があって、温かい人たちに見守られて育ったのに――。

（この人には邪魔だったんかなぁ……）

だから、全て残して、一人で出ていってしまったのだろうか。

ギターケースだけを手に背を向けて歩いて行く父と、会ったことのないその人の姿が重なって見えた気がした。

「身勝手や……」

うつむいた口から、そんな言葉がポロッとこぼれる。

残された者のことは、どうでもいいのだろうか。いつ戻るかわからない。そういう人を待つ家族の気持ちは考えないのだろうか。

それよりも、自分のしたいことのほうが大切だったからなのか。

この人が出て行かなければ、平伍も富紀も、店の将来を心配することなどなかっただろう。

一果は写真の少年から目をそらし、ほかの写真にはたきをかける。けれど、和の写真がやっぱり気になってしまう。

少年は満面に笑みを浮かべて一果を見ていた。それがなにげに腹立たしく思える。

ため息を吐いて、写真のほこりをパッパッと払った。

写真に八つ当たりをしても仕方ない。少しだけ見えるようにして飾り直した。

——この人も、捨てていったものをもう顧みることはないのだろう。

「一果、お茶いれたから、一緒にお菓子食べよか」

富紀が仏間を覗《のぞ》いて声をかけてくれた。

「はい」

返事をして、はたきを手に仏間を後にする。

（この人がいらんのやったら……うちが大事にすればええんや）

三

十月の初め、もう店をしまうような時間になって、帽子をかぶった男性が店を訪れた。遠慮がちに店の前でしばらく佇《たたず》んでいたようだが、帽子を一度深くかぶり直してから入ってくる。

「いらっしゃいませッ」

声をかけると、男性は一果を見て驚いた顔をしていた。子どもが接客をしているとは思わなかったのか、戸惑ったように店内を見回している。

奥から出てきた富紀がその人に気づいて、「お伺いいたしましょうか？」と声をかけた。

（なんやろ……なにか探してはるんかな……？）

バッグを提げているので、観光客なのかもしれない。道や場所がわからず、困ってお店に入ってくる人も時々はいる。

「いや……あの……『着せ綿』というお菓子を探しているんですが」

そう言いながら、お客さんは並んでいるお菓子に目をやった。

今日が旧暦の九月九日、重陽節なので、着せ綿を注文していくお客さんは多い。茶房のほうでもよく出ているようだ。

（着せ綿、買いにきたお客さんやったんや）

初めて立ち寄った店で緊張しているのだろう。そう思いながら、一果はさっそく着せ綿をケースから出す準備を始める。残っているのはあと四つほどだ。

「着せ綿、あと四つです」

一果が伝えると、富紀は『あら』という顔をする。

「おいくつ、いりました？」

お客さんは着せ綿のお菓子に目をやってから、「あっ、いや」と言葉を濁した。それから深く息を吐いて帽子を脱ぐ。

「申し訳ない……いや、ちょっとお尋ねしたいことがありまして。本当に失礼なんですが……この近くに、杏美庵《きょうびあん》という和菓子店があったはずなんです」

「ああっ、杏美庵さん。ええ、ありました。けど、今はもう店をたたまれてはりますよ？」

富紀がそう答えると、男性は「えッ！」と驚きの声を上げる。

それからひどくがっかりした様子で、「そうですか……」と肩を落としていた。

「もう、五年くらい前ですわ。お客さん、杏美庵さんの着せ綿探してはったんですね」

「ええ……昔、妻と食べたあのお店の着せ綿が懐かしくなりまして」

話を聞いてみると、男性の奥さんは療養中なのだという。以前、その店の着せ綿を旅行で訪れた京都《きょうと》で食べた思い出があるようだった。

「早くよくなってほしくて……一緒に食べようと妻と話をしたんですが、店がなくなってしまったのなら仕方ないなぁ……」

着せ綿には、健康と長寿を祈願する意味がある。それで、わざわざ京都にやって来て、店を捜していたようだ。

「本当に申し訳ない。せっかくですし、こちらのお店の着せ綿、二つ買って帰ります」

「そうや……ちょっと、待っててもらえませんやろか？」

「えっ、いやしかし……」

富紀は「すぐですから」と言い残し、店の奥に戻る。それから、平伍と一緒に店に出てきた。

落ち着かないように待っていた男性が小さく会釈をする。

「杏美庵さんの着せ綿、捜してはるとか」

「ええ……しかし、もうお店もないようですし」

「杏美庵さんの弟さんが、福岡《ふくおか》で和菓子店を開いてはるというのを前に聞いたことがあります。そこの店の着せ綿が、杏美庵さんと同じものかどうかはわかりませんけど……そちらでお尋ねになってみはったらどうですやろ？」

男性は「福岡……」と、目を丸くする。思いがけない話だったのだろう。

「思い出の味は、一つしかあらしません。それを大事にしはってください」

平伍が手書きの紙を渡すと、男性はその紙を受け取ってしばらく見つめていた。その目が不意に潤んで、焦ったように目頭を指で押さえる。

「ありがとうございます……本当に……なんと、お礼を言ったらよいか……そちらのほうで尋ねてみます‼」

男性は何度も頭を下げてから、「よかった……」と呟いて紙を大事そうに握りしめていた。それからパッと顔を上げる。

「お詫《わ》びというわけではありませんが、このお店の和菓子も買わせてください。これも、なにかのご縁……妻によい土産話ができます」

「そんなら、どれにいたしましょう？　着せ綿以外にも、秋のお菓子、色々ありますから」

富紀はニコニコしながら男性に和菓子を勧める。

男性が嬉しそうに選んだお菓子を、一果はすぐに箱に詰めて紙袋に入れた。

富紀が会計をすると、「ありがとうございますッ！」と男性は何度も頭を下げて帰っていく。よほど嬉しかったのか、店を出た後も笑顔のままだった。

「あのお客さん、奥さんのためにわざわざお菓子買いに来はったんやなぁ」

富紀がレジを閉めながら、独り言のように呟いた。

（やっぱり、同じ店のがええんかな……）

一果はケースに並んでいるお菓子に目をやる。

「お菓子も、人も、その時、その場所でしか出会えんものやから、大切なんやろ」

平伍はそう言って、作業場に戻っていった。

一果が思い出したのは、父とスキー場の帰りに一緒に食べた善哉《ぜんざい》の味だ。

初めて父とここを訪れた日、このお店の善哉もおいしいと思ったけれど、父と一緒に食べたあの時の善哉が懐かしく思えた。それと同じことなのだろう。

どちらがいいとか、比べるようなものでもなく、その時、その場所で、誰かと食べたその味が、記憶となって残っているから特別で、忘れがたい。

平伍も富紀もわかっているから、あの男性にお店の着せ綿を渡すのではなく、男性が捜していたお店の弟さんがやっている店の場所を伝えたのだ。

同じ店の着せ綿ではないかもしれないが、弟さんなら同じ店で修業していただろうし、そのお店の味も受け継いでいるかもしれないと思ったから。

そして、男性にとって奥さんと食べた着せ綿が思い出の味になったように、この緑松で買ってくれた和菓子も、今日という日の思い出の味になって、いつの日か懐かしく思い、また訪れたいと思ってくれるかもしれない。

そうやって、繋《つな》がっていく——。

「一果、今日はもうお店、閉めよか」

ぼんやりしていた一果は、「はい」とすぐに返事をする。

富紀がレジの精算をしている間に、暖簾《のれん》をしまうために外に出た。

薄暗くなった空に、淡い色の月が浮かんでいる。

一果は背伸びして、その暖簾を竿《さお》から外した。先代の頃から大事に使っている暖簾だ。

（もし……このお店がなくなったら……）

暖簾を見つめていると、日々、緑松の和菓子を楽しみに来てくれるお客さんたちの顔が浮かんでくる。

店が途絶えてしまえば、その味は失われてしまう。

継承してくれる人がいてこそ守られる味だ。京都に多くある老舗《しにせ》と言われる店も、そうやって、何十年、何百年と、少しずつ新しいものを取り入れ、変化しながらも、その味と技術を次の代へと繋いできたのだろう。

この緑松はまだ二代目だ。平伍や政が元気でいてくれる間はいい。けれど、その先はどうなるかわからない。

誰かが継がなければ、店も平伍たちが苦労して作り上げてきたものもすべて、なくなってしまう――。

閉店して、店舗も取り壊され、その場所にまったく別の店が建ったのを、一果も学校の行き帰りなどに何気なく見ていた。

この緑松も、いつかは――。

代々店を継承していく。そんなあり方も、今の世では当たり前ではないのだろう。家業を継ぐという考え方もあまりされなくなっているのかもしれない。

平伍と富紀の息子のように、自分のやりたいことをやるために家を出て行く。そういう人も多い。

だから、平伍と富紀も、無理には息子に継がせようとはせず、継ぐ者がいなければ、店が自分たちの代で終わっても仕方ないと思っているのかもしれない。

一果は緑松と書かれている暖簾の端を少し強く握る。

(……そんなん、いやや……この店、なくなるやなんて……ッ)

平伍やほかの職人さんたちが心を込めて作ってくれる和菓子が大好きだ。それはお客さんたちも同じだろう。店がなくなれば、いつも来てくれるお客さんたちも寂しく思うに決まっている。

それに、この店がなくなれば、一果もここにはいられない。

もし、別の場所に行くことになれば——。

父が一果に会いたいと思って戻ってきた時、もし、緑松がなくなっていたら、あの男性のように、困ることになる。

居場所がわからなくて、もう二度と、会えなくなるかもしれない。

父が忘れないために、迷わないために、この場所にいなくてはいけないのに。

そのために、きっと父もここに一果を預けていったのに。

一果は唇を結んで、ゆっくりと下を向いた。

(うちじゃ、あかんのかな……うちなら、ずっとここにいられるのに……出ていったりせぇへん……)

この先もずっとここにいたい。もし、誰かが店を継ぐことで、守られるものがたくさんあるのなら。その役目を自分が背負ってはいけないのだろうか。

まだ、小学生だ。なにを生意気なことを言っているのだろうと思われるかもしれない。

けれど、もう四年生だ。将来やりたいことも、自分で決めようと思えば決められる。

この緑松に来てから、大切な、離れがたいものがたくさんできた。

平伍と富紀、そしてこの店で働く政や咲季、美弦やお鶴《つる》さんたち、一果の顔を見るのが楽しみだと言ってくれるお客さん、そして学校の友人——。

みんな、このお店が、平伍と富紀が、繋いでくれたものだ。

一果がこの場所にいていいと思えるようにしてくれた。

きっと、返せないくらい大きな恩ができただろう。

だから、せめて、平伍と富紀が安心できるように、みんなが、父が——いつでも戻ってこられるように、この『緑松』という居場所を守りたい。


丁寧に折りたたんだ暖簾を、大事に腕に抱える。

「一果、ご苦労さま。はよ、中に入り」

外に出てきて声をかけた富紀は、すぐに店の中に引き返そうとした。その袖《そで》を、一果は強くつかむ。

足を止めた富紀が、少し驚いた顔で振り返った。

「おばさん、大事な話があるんです。後で聞いてもらえませんか？」

「ええけど……あらたまってどしたん？　今でもええよ？」

「ううん、おじさんと一緒に聞いてほしいから……」

平伍と富紀二人に、今の自分の気持ちをちゃんと聞いてほしかった。

「そんなら、ご飯食べてから、ゆっくり話そうな」

富紀は優しく言うと、一果の肩を抱くようにして中に入るように促した。


その日の夕飯の後で、一果は平伍と富紀に、「もし、誰も継ぐ人がおらへんのやったら、私にこの店を継がせてくださいッ！」と思い切って頭を下げた。

平伍と富紀は、びっくりしたように顔を見合わせる。

一果がそんなことを言い出すとは、思ってもみなかったのだろう。

「私、おじさんもおばさんも、このお店のことも大好きや。おじさんとおばさんが大事にしてきたこの店、なくなってしまうんはいややッ。お客さんたちかて、きっとそうやと思います。そやから、私……このお店、ずっと守っていきたい」

一果の話を難しい顔をして聞いていた平伍が、急にクルッと後ろを向く。そして、「偉い！」と自分の膝《ひざ》を打った。

「どこその放蕩者《ほうとう》に爪の垢煎《あかせん》じて飲ませたいくらいや!!」

「あんた……目が滝みたいになってますよ……」

富紀はさりげなく、ティッシュの箱を横から差し出した。

それを受け取ると、平伍は数枚引っ張り出してはなをかむ。

一果のほうに向き直ったが、まだその目が若干潤んでいるようだった。

「一果がこの店のこと、そないに真剣に思てくれてるとはなぁ……その言葉だけで、無事に往生できそうや」

そう言いながら、平伍は強めに一果の肩を叩《たた》いて笑った。

「今から往生したらあかんやないの」

「いちいち、突っ込むなッ!」

「一果が店のこと好きになってくれたんは、私もほんま嬉《うれ》しいで。けど……この先、一果にもやりたいことができるかもしれんやろ? 私らのことも、店のことも、なんとかなるから……一果は好きなことしたらええのよ? 私らにとっても、それが一番、嬉しいことなんやさかい」

富紀は一果を見て微笑む。

「おばさん、この店の手伝いするのが、私の好きなことです。一番したいことなんや。それに、いい加減な気持ちで言うてるんやありません。本気でそう思てるんです!」

「そうや。一果はもう立派なうちの跡取りや。一果以外にこの店は譲らへんぞ。わしは決めたッ！」

平伍は腕を組んで大きく頷《うなず》く。

「一果はまだ小学生や。将来決めるんは早すぎです！」

「わしは小学生の頃から、親父の跡継ぐ意識はしてたんやぞ！　早すぎることなんかあるかいッ」

「あんたと一果を一緒にしてどないしますの。この先、一果に好きな人ができて、嫁に出すかもしれんやろ！」

富紀は一果をグィッと腕の中に抱き寄せて言う。

「な、なんやと〜〜ッ⁉　どこのどいつや。わしは簡単に認めへんぞッ！」

平伍は眉《まゆ》の端をつり上げ、「絶対にうちの敷居は跨《また》がせんからなッ！」と息巻く。お寺の門を守っている仁王像のような形相になっていた。

「将来の話や……今からそんなことでは、先が思いやられるわ」

富紀が額を押さえてため息を吐く。

（嬉しいなぁ……）

血のつながりはない。親戚《しんせき》でもない。他人の子なのに。

平伍も富紀も、本当の自分の子どもか孫のように、思ってくれているのだ。

一果は小さな声で「ありがとう……」と、呟《つぶや》いた。

平伍も富紀も、お店の人たちも、そしてお客さんたちも、みんな温かくて、その優しさに触れると泣きたいような気持ちになってくる。

「焦らんでも、ゆっくり決めたらええんよ」

富紀が微笑んで一果の頭にポンッと手をのせた。

「そうや、わしもまだまだくたばったりせぇへんからな」

平伍が言うと、富紀がその顔をチラッと見て、「養生してください」と釘《くぎ》を刺すように言った。

「わかってる……ッ」

ムッとしたように、平伍はそう答えていた。二人を見て、一果も笑顔になる。

この先も、末永く続いていくように――。

重陽の日に、菊花に願いを込める。

一果が自分の決意を伝えた日から、平伍は職人さんや知り合いの人たちに、『うちの跡取りやッ！』と自慢げに一果のことを紹介してくれるようになった。

富紀も、前よりもお店のことやお菓子のことを詳しく教えてくれて、手伝いも積極的にさせてくれる。そのことが嬉しかった。


日曜日、一果ははたきを手に、仏間の掃除をする。棚の上のほこりを払ってから、飾られている写真をチラッと見た。

ピースしている少年と平伍と富紀の写真だ。

写真の少年は相変わらず無邪気に一果に笑いかけているのが、やっぱり見るたびに少しだけ腹立たしい。

「……この店も、おじさんもおばさんも、うちが守るんやから」

そう呟いて、一果は写真のほこりを払ってから棚に戻した。

第五章

一

『俺』の父は、どうしようもない人だった——。


小学生の頃まで両親と一緒に住んでいたアパートのことを、今でも時折夢に見る。

ほとんどが悪夢でしかないが、懐かしいと感じることもある。

最初にギターの弾き方を教えてくれたのは、父だったから。そのおかげで、今こうして生活していけているのだから、多少の感謝はしてもいいのかもしれない。

けれど、それだけだ。

あの人は、くれるものより、奪っていくもののほうがずっと、多かった——。

酒を飲んでは暴れて、どこでも、誰が相手でも怒鳴り散らす。

その上、借金ばかり増やしては、すべてを母に押しつけて投げ出していた。

母は『そういう人なのよ……』と諦《あきら》めたように呟いては、父が投げつけて壊した食器を、涙を拭《ぬぐ》いながら片付けていた。

『ごめんね、巴《ともえ》……ごめんね』

そう、繰り返し謝る母の姿を見るのがあの頃はただ苦しくて、辛《つら》かった。

母が家に戻らなくなったのも、あの父から逃げたかったからだろう。


『どこ行ったんや、母さんは！！？　あぁ！！？』

湯飲みを投げつけて怒鳴る父に、腕にかかったお茶の熱さをこらえながら『知らん』と声を絞り出す。

『知らんて何や。子供やろ。もう何日経つと思ってんねん。捜してこい!!』

聞かれても、本当になにも知らなかったから答えられることはなにもなかった。

母は巴にも一言も告げず、ある日突然、家を出て行ったのだから。『なんでや』と、思ったのは巴も同じだ。


『――――…あぁ、かわいそうになァ。俺には母さんの気持ちがよォ～～分かる』

父は両肩を強くつかみながら、嘲《あざけ》るような、見下すような笑い方をした。

――お前が邪魔になったんや。

その言葉が忘れられなかった。

母が家からいなくなって数週間経った頃、弁護士がアパートにやってきて、父と母の離婚が成立したことと、巴を引き取るためにきたのだということを教えてくれた。

『持ってけ。どうせ、俺にはいらんもんや』

少しばかりの荷物をまとめて家を出る時、父はそう言って、古いアコースティックギターを投げ捨てるようにくれた。それだけだった。

母も我慢し続けることが、耐え続けることが、限界だったのかもしれない。あるいは、母は母なりに、あの希望のない、父に振り回され続けるだけの日々をなんとかしようと必死だったのか。

母はすぐに再婚して、新しい父ができた。その人は親切で、良《い》い人だった――。

母にとっては、ずっと望んでいた幸せな生活だったはずだ。

ようやく、父から――あの男から解放されたのだから。

怒鳴られることも、八つ当たりされることもない。お金で苦労することもない。

自分にとってもそれは悪いことではないように思えた。

我慢しなくても、欲しい靴を買ってもらえる。転校した学校にも馴染《なじ》めて、友達もできた。

新しい生活と平穏とも言える日々に、ようやく慣れ始めていたのに。

あいつは幸せに、ぬるりと、闇を落としにやってきた――。

『よォ、巴。元気そうやんけ』

マンションの前で待ち伏せしていたあの男はそう言ってニタッと笑った。

どうやって、住所を知ったのかはわからない。母の知り合いから、無理やり聞き出したのかもしれない。

それからも、マンションにやってくるようになった。そのたびに、母の財布から金をいくらか抜き出して渡すしかなかった。

そうすれば、あの男は母の前に現れないと約束をしたから。

そんな口約束を信じるほうがどうかしているだろう。けれど、他に追い払う方法を、まだ小学生でしかなかったあの頃の自分は知らなかった。

母は財布のお金が減っていることに、すぐに気づいていた。けれど、問いただすようなことはなかった。ほしいものがあったのだろうと、思っていたようだ。

それでよかった。知れば、母はまた、あの男に怯《おび》えて暮らさなければならなくなる。それは母にとって、恐怖でしかなかっただろう。

『やっぱり、巴くんが……』

『ごめんなさい、あの子やって分かってんねんけど……』

やっぱり、あの人の子だから。

そんな、言葉にしない母の声が、あの時、聞こえた気がした。

お金が必要だった。どうしても――。

夜、アコースティックギターを持ち出して、路上で弾くようになったのはそれからだ。

なんとかしてお金を工面しなければならないと、必死だった。

そうしなければ、あいつは容赦なく、母の幸せを壊しにやってくる。

また、以前の生活に自分たちを引きずり戻しに――。

自分の存在は、母にとって前の夫との繋《つな》がりだ。それは全部忘れてしまいたいもののはずなのに、顔を見るたびに思い出してしまうのだろう。

あいつに向けていたのと同じような、不安げな目を巴に向けることもあった。

あいつの――母には邪魔になったという言葉を思い出した。

あの幸せな家に、もう自分はいらない。

自分がいれば、あいつはまたお金をせびるためにやってくる。

自分がいることで、母はいつまでも、あいつとの繋がりを断ち切ることができない。

家にいることが苦しかった。マンションに戻れば、またいつあいつが待っているかわからない。そう思うと、帰ることすら怖かった。

居場所がなくて、街をさまようように歩いてはギターを弾く。そんな生活を繰り返すようになっていた。

ほかに、自分ができることを思いつかなかったからだ。

必要に迫られて始めたことだ。けれど、ギターを弾いている時は、嫌なことも、考えたくないことも、全部、忘れられる。

いらんもんと投げ捨てられたギターが、自分と重なるような気もした。

そのうちに、演奏していると人が集まってくるようになって、聴いてくれる人も多くなった。それが嬉《うれ》しくもあった。

ギターの弾き方を教えてくれたのも、ギターをくれたのも、あいつだ。

けれど、いつの間にか、それが自分にとって唯一の逃げ場になっていた。

そうしているうちに別のあてでも見つけたのか、あいつは姿を現さなくなって、渡すお金も必要なくなった。

それでも、路上ライブを続けていたのは、そこにしか自分の居場所がないように思えたからだ。

新しい家に移り住み、新しい父と母の間に妹ができたけれど、その頃には両親ともあまり口をきくことなく、家にいることも少なくなっていた。

高校に入ってすぐにアルバイトを始め、二年になる頃にあの家を出て一人暮らしを始めた。そのことを伝えた時の、母のホッとしたような表情は今でも目に焼き付いている。

きっと、母も自分と離れたかったのだろう――。

人との繋がりも面倒で、浅い付き合いしかしない。学校ではクラスメイトと話はするし、それなりにうまくはやっていたと思う。けれど、友達と呼べるほど親しい相手を作ることはしなかった。

面倒になれば、連絡も取らない。それでよかった。そのほうが気が楽だった。

一人ならいつでも逃げられるが、誰かとの繋がりや関わりを持てば、簡単には立ち去れなくなる。それが、煩わしかった――。

そんな人間が、結婚をして誰かを幸せにしようなんて夢を見ることが、間違っていたのかもしれない。

卒業後、あいつから逃げるように、ギターを手に各地を転々としていた時、真理《しんり》という女性と出会った。

彼女となら、もしかしたら、自分の居場所と思えるような家庭を作れるのではないかと、そんな気になれたのは奇跡的なことだっただろう。

それとも、あいつとは違うと、自分自身に証明したかったのか。

『いいの？　婿入りで。名字って大事でしょ？』

『この名字で居《お》る意味がないんや』

結婚する時、そう話し合って、妻の真理の名字に変わった。

〝雪平《ゆきひら》〟の姓に──。

一果《いっか》という娘ができたのはそれからまもなくのことだ。

幸せ──そう、幸せだっただろう。

ようやく得た家族を、守りたかった。あいつから、どんなことがあっても。

家を急に引っ越したりもしたが、妻の真理には理由を打ち明けられなかった。

過去のことも、あいつのことも、自分自身のことも──。

真理と別居して娘の一果と暮らすようになってからは、あの子を仕事場であるライブハウスにもたびたび連れて行った。

そばにいれば、護《まも》ることができる。けれど、いない間にあいつがやってくれば、なにをするかわからない。なにを吹き込むかわからない。

繋がりなど、持たせたくはなかった。

けれど、ライブが終わるのが遅くなることもある。小学生の一果には無理をさせていただろう。

あの日も――。

『パパー、のどかわいた』

歩き疲れた一果は、そう言って道の途中でしゃがみ込んでしまった。

『この辺、コンビニないねん。あと少しで家やし……』

『あしもいたいし、あるきたないぃ～～』

その日の仕事で色々あって、苛《いら》ついていたのもあったのだろう。

つい、ため息が漏れた。その時だった――。

『笑えんなァ』

あざ笑うような声がすぐ背後から聞こえて、ハッとする。

『あちこち連れ回して、ため息か。そやからいうたやろ』

自分とよく似た声。

振り返るのが、怖ろしかった。それでも、ゆっくりと後ろを向くと、あいつは――。

『子供は邪魔やって』

くたびれた上着のポケットに手を入れたまま、そう言い放ってあの日と同じく歪《ゆが》んだ笑みを浮かべた。

——お前が邪魔になったんや。

喉《のど》が潰《つぶ》れたように言い返す言葉の一つも出てこない。

足もとから這《は》い上がってくるような嫌悪感と恐怖に搦《から》め取られ、その場に立ち尽くす以外なにもできなかった。

この男が大嫌いだった。最低の人間だ。人を幸せにするどころか、自分と同じ不幸に引きずり込んで、なにもかも奪い取ろうとする。

この男が怖くて、繋がりを断ち切りたくて必死に、逃げて、逃げて、絶対に同じにはならないと、そう誓っていたのに。

吐き気がするほどに似ている。

その声も、姿も、誰一人幸せにできないところまで――。


そのことを、見透かされた気がした。

思わず吐いたため息に、面倒だと思う気持ちがほんの少し紛れたことに――。


（いや、違う……違うんやッ!!）

一果が面倒になったわけではない。重かったわけでもない。

（あの時、ため息吐いたんは……）


仕事がたまたまうまくいかなかったからだ。満足に行く演奏ができなくて、客の反応も盛り上がりもいま一つで、終わった後もバンドのメンバーが楽屋で揉《も》めていた。

うんざりしていたのはそのことで、一果が理由ではない。

一果をスタジオに連れていったのは自分だ。自分の仕事に無理をして付き合わせた。

この男の言う通り、あちこち連れ回して、ため息を吐く資格などなかっただろう。

一果も学校が終わって疲れていた。それなのに、付き合わせたのだから。

『俺』のせいや――。

護りたくて、必死だった。けれどいつの間にか、この男と同じように身勝手な理由で、家族を、妻の真理を、そして一果を振り回している。

それは、この男とどう違うのだろう。

変わらない。たとえ理由は違っても、やっていることは同じだ。

どんなに言い訳を重ねたところで——。


（真理も……あきれて出て行くはずや……）

仕事があるのに、都合も考えず、突然、引っ越しを決めたりもした。一果にも友達がいただろうに、そのせいで転校しなければならなくなった。

真理にも一果にも、大切な繋がりがある。人との繋がりを持たなかった自分とは違う。

一果は学校の仲のよかった友達と別れることになっても、『ええよ。パパのお仕事のほうが大事やもん』といつも笑って許してくれた。

我が儘《まま》もほとんど言わず、ライブハウスに連れていく時も、『パパのギター、聴けるから』と嬉しそうについてきてくれていた。

それなのに、たった一度、疲れたとしゃがみ込んだあの子に、なぜ優しい言葉をかけてやれなかったのか。

背負って歩いてやればよかった。少し遠くてもコンビニまで行って、飲み物を買うことはできただろう。探せば喫茶店だってあったはずだ。

一果はまだ小学生だ。大人の足とは違う。同じ距離を歩いても倍は疲れるだろう。そんなことは、わかっていたはずだ。


邪魔になったわけではない。けれど、いつか——この男や、母のように重荷に思う日が来るのかもしれない。

今自分が抱えている大切なものすべて、手放したくなる日が来るのかもしれない。


ずっと、誰かとの繫《つな》がりが面倒だった。嫌になれば、煩わしくなれば、相手の連絡先もすぐに消した。携帯の番号を変えたことも何度かある。

そのたびに、すべてをリセットした。躊躇《ためら》いなんてなかった。

それはすべていらないものだ。

いらなかった——繫がりなんて。


そんな自分が家族を持とうなんて、やはり思うべきではなかった。

そういう人間だと、わかっていたはずだ。

あの日、怖くなったのは、あの男に対してではない。

いつか一果の心に、同じ傷を負わせてしまうかもしれない自分が、怖ろしかった。

足もとを見つめたまま一歩も動けず、立ち尽くしていると、クイッと小さな手に引っ張られた。

「パパ……？」

ひどく不安げな一果の声で、我に返る。

金を受け取ると、あの男は『また、来るな』と、薄笑いを顔にはりつけたまま、立ち去った。だから、もうこの場にはいないのに――。

「ごめんな、一果……」

そう言うことしかできなくて、かわりに一果の手を握り返す。

ひどく不安がっているのがわかるのに、笑って安心させてやることができない。

手がわずかに震えていることに、一果は気づいただろうか。

「帰ろう……」

掠《かす》れたひどく小さな声で言うと、一果は頷《うなず》いてついてくる。
もう、足が痛いとも、喉がかわいたとも言わなかった。

(帰るて……どこに帰ればいいんや……)

アパートにはもう、いられない。
この近辺に住んでいると、あの男に知られてしまったから。
また、すぐに引っ越しを——。

あと、何度、こんなことを繰り返すのだろう。
そのたびに、小さな一果を連れ回すのだろうか。
転校させて、友達とも別れさせて、遅くまで仕事が終わるのを待たせて——。

それが、一果にとって幸せだろうか。本当なら、安心できる温かい家庭で、毎日笑って過ごして、我が儘も言えていただろう。

一果が生まれた時、初めてこの腕に抱きながら、幸せであってほしいと、あんなにも切に願ったのに。

当たり前であるはずの幸せですら、自分はこの子に与えてやれない。

それなのに、一果はいつも幸せそうに笑うのだ。パパといられて楽しいと——。

真理のもとなら、まっとうに暮らしていけるのだろうか。けれど、真理のことは、あの男に知られている。母が離婚した時、どうやってか、新しいマンションの居場所を突き止めてやってきたような執念深い男だ。

真理の居場所くらい、すぐに調べる。両親のいるフランスで仕事をすると日本を発《た》ち、時々一果の様子をうかがう連絡が入るが、それだけでもいつあの男に感づかれるかわからない。簡単に会いに行くことはできないだろうが、電話で連絡を取ることくらいはやるだろう。

幸せを奪い取るためなら、どんなことでもする。

どんなに逃げても、どこに隠れても、捜し出してやってくる。

(アカン……真理を巻き込む……どこやったら……どこなら、ええんや……)

いつまで、逃げ続ければいいのだろう。

どうすれば、この子の幸せを護《まも》ってやれるだろう。

無意識に、一果の手を力一杯握りしめていた。

歩き慣れているはずの家までの道のりがひどく遠い。

スキー場で、視界が真っ白になるほどの雪の中、一果と歩いたことを不意に思い出した。

大雪のためバスが先に進めず、途中のバス停で降ろされてしまった。

あの時、まっさらな雪を踏みながら、スキー場まで一果の手を引きながら歩いた。

進んでも進んでもたどり着かなくて、先が見えなくて、真っ白な世界の中に二人だけ、取り残されたような気がした。


一果を連れて京都《きょうと》に移住したのは、それからすぐだ。

あの日、知り合いが経営しているライブハウスで仕事をした後、『巴さんの事を聞かれた』と、京都へ遠征に出たバンドメンバーの一人から聞いた。

高校生の時、世話になった人だった――。

自分が知っている中で、一番温かくて、優しい人たちだった。高校生の頃ほんの二年ほど関わっただけなのに、今でも心配してくれているのだ。

血縁でもない、親戚《しんせき》でもないというのに――。

高校の後輩のご両親で、あの頃はなにかというと彼の家に遊びに行き、夕飯までご馳走《ちそう》になったりしていた。

そんなに世話になっていたのに、卒業後は連絡を取ることすらしなかったから、薄情者だと思われてとっくに忘れ去られていてもおかしくはなかっただろう。

（おっちゃんと……おばちゃんなら……）

いきなり行けば、驚かせるに決まっている。まして、何年も音信不通だったくせに、一果を、娘を預かってくれなんて厚かましいお願いだ。

けれど、あの二人なら、話を聞いてくれるかもしれない。

平伍《へいご》と富紀《ふき》なら、きっと、自分をあの家に迎え入れてくれた時のように、一果のことも迎えてくれるのではないか。

どこにも居場所がなかった自分に、唯一、居場所と思える場所を作ってくれた。なにも不安に思うことなく、楽しくて笑っていられたのはあの頃だけだ。

ずっと、望んでも得られなかった幸せが、あそこにはあった。

一果もあそこなら護られるだろう。

自分が与えられなかった幸せも、きっと――。


仕事が終わると、一果を連れてラーメン店に行き、夕食をすませて家に戻った。

ひどく寒い日で、外は雪になっていた。

一果は雪が嬉《うれ》しかったのか、『いっぱいつもるかなァ』と話をしていた。

『つもったら、おおきいのつくりたいッ！』

スキー場での仕事が終わり、帰る頃には雪も収まって晴れ間が覗《のぞ》いていたから、二人で雪を転がして雪だるまを作った。その時の話だろう。

たどり着くまでは大変だったはずなのに、一果は窓の外を見て、『たのしかったなァ……』と呟《つぶや》いていた。


『そういや、そん時食べた善哉《ぜんざい》、おいしかったな』

そう言ってから、昔、おばさんが出してくれた善哉の味を思い出した。

食べるとホッとする、温かくて優しい甘さの善哉だった。

自分のことをずっと気にしてくれていた二人だ。

今もあの場所で自分が訪ねるのを待ってくれているのだろう。

『食べに行こか、一果』

その言葉は、自然と口から出ていた。

なにも知らず、なにも疑いもせず、一果は『うん』と嬉しそうに頷く。


翌日、必要なものだけバッグに詰め、一果の手を引いて家を出た。

電車とバスを乗り継いでたどり着くと、店構えは少しも変わっていない。

あの頃のままだ――。


『緑松《りょくしょう》』

屋根瓦《がわら》の上に大きな木の看板を掲《かか》げた、昔ながらの和菓子屋だ。

アルバイトしていた喫茶店で、初めてこの店の和菓子を食べた。しばらくしてから、学校の『礼法』の授業で出されたのもこの店の和菓子だった。

同じ学校にその店の息子がいると知り、彼のいる一年の教室に向かった。

『お前が和菓子屋の息子か？』

最初は、ただ――そう、店の場所が知りたかっただけだ。

あの喫茶店で食べた『下萌《したもえ》』という和菓子を、もう一度食べてみたかった。

『今日の「礼法」で出た和菓子、お前ん所のんなんやろ？　店どこなん？』

それだけ聞ければよくて、関わる気なんて少しもなかったのに。彼は――。

『店教える代わりに、俺にギター教えて下さいよ』

そんなふうに、交換条件を持ち出してきた。

入学式の時、軽音部の勧誘でギターを弾いていたのを見ていたようだった。いきなり、初対面でギターを教えてくれなんて言われるとは思ってもいなかったし、彼の目がふざけているようではなく、妙に真剣だったから。

『面白い事ゆうやん』

――つい、嬉しくてそう答えていた。

繋《つな》いでくれたのは、この店の和菓子だ。

高校二年になって、アルバイトで稼いだお金も少しばかり貯《た》まったから、一人暮らしを始めようかと悩んでいた時だった。

『寒い冬を越して、雪の下から新芽が芽吹いた様や』

喫茶店のマスターにそう教えてもらい、これからの生活に少しだけ希望が持てるような気がして気に入った。

あの時の和菓子との出会いがなければ、彼に店の場所を訊《き》きにいくこともなく、この店とおじさんやおばさんとの出会いもなかったのだろう。

それからだ。彼にギターを教えるようになって、理由をつけては彼の家に遊びに行くようになったのは。高校を卒業しても、ふとした時に和菓子が食べたくなるのも、あの頃の日々を懐かしく思うからなのだろう。

おじさんもおばさんも、巴のためにお菓子を用意してくれていて、新作の試食をさせてくれることもよくあった。

『どや？　今回のは。うまいか？』

『うっまッ！　おっちゃん、もう一個ないん？』

『それでしまいや。何個食うねんッ！』

『ええやん、おっちゃんのお菓子、美味《うま》いんやもん』

そんなふうに言って、一緒に笑っていた。

彼の部屋でギターや音楽の話をして、次の文化祭では一緒にバンドを組んで演奏しようと盛り上がって、大騒ぎして、『やかましぃッ！』とおばさんに怒られたこともある。夕方までいると、店が終わる頃にはおばさんが彼の部屋にやってきて、『今日は、夕飯食べて帰るやろ？』と訊いてくれる。そんなささやかなことが嬉しかった。

けっきょく彼の家で夕飯もご馳走になり、日が落ちてからアパートに戻った。一人きりの静まりかえっている部屋に灯《あか》りをつけ、ベッドのそばに腰を下ろす頃には、先ほどまでいたあの家になぜだか無性に戻りたくなっていた。

居心地がよかったからだろう。どこよりも安心できて、笑っていられた。

あそこに、あそこの温かい人たちと一緒に、ずっといられたらどれだけいいか。

そんなふうに、願っていたのかもしれない。

けれど、自分があそこにいれば、きっといつか迷惑をかける。

それが、怖くもあった――。

高校を卒業してからは彼とも連絡を取ることなく、店に足を運ぶこともしなかった。自分と関わっていることを、あいつに知られたくなかったからだ。

だから、店を訪れたのは、高校卒業以来だった。

何年ぶりになるのだろう。ずっと会っていなかったのに、あの頃とずいぶんと変わってしまったのに、おじさんとおばさんは顔を覚えていてくれた。

店に入れてくれて、『寒かったやろ、善哉、今持ってきてあげるから。巴くん、好きやったもんな』と、おばさんは二人分の善哉をすぐに運んできてくれた。

この店の善哉を久しぶりに食べた時、ずっと、ずっと、自分がここに戻りたかったのだと気づいた。

和菓子屋を見つけるたびに、ふらりと立ち寄っては、この店で覚えた名前の和菓子を買って食べていたのも、忘れたくなかったからだ。

ここにいたことを。ここで食べた和菓子の味も。

優しかったおじさんや、おばさんのことも。

彼とギターを弾きながら笑っていた時のことも——。

それまでろくなことなどなかった自分に、ようやく訪れた『春』のような日々だった。

その温かな日々は、もう自分に訪れることはないのだろう。

あいつとの繋がりを、どんなにあがいても、逃げても、断ち切ることができなかった。

どんなに憎んでも、あの男の息子として生まれた時点で、それは決まってしまっていた運命のようなものなのだろう。

これは、自分が──自分一人が背負うべきものだ。

けれど、せめて一果には、辛《つら》くない春の中にいて幸せになってほしかった。


一果が寝た後、おじさんとおばさんに事情を話し、頭を下げて一果のことを頼んだ。

『それが正しい事やと俺は思わん。お前がやろうとしてる事は、同じこっちゃぞ』

おじさんの言う通りだろう。見捨てるも同然のようなことをしようとしている。

それがどれほど最低なことかもわかっている。

『俺が居《い》るとあの男が近付いてくる。子供は邪魔やって平気で言い放つ。そのくせ、利用する事しか頭にない。離れる事が矛盾してんのは分かってます』

おばさんが出してくれた和菓子は、赤い寒椿《かんつばき》だった。

おばさんも、こうして厳しいことを言いながらも心配してくれるおじさんも、変わっていない。昔のままの優しい人たちだ。

だから、もう――心は揺らがなかった。

『けど、頼みます』

ここなら、一果は大丈夫だ。

この人たちにしか、一果を託せない。

『一果は俺の一番大事な宝物やから』

真剣な目で二人を見ながら言い、深く、深く、頭を下げた。

話が終わって隣の部屋に行くと、一果は布団にくるまるようにしてすっかり眠っていた。そのそばに座って、一果の頭に手を伸ばす。けれど、この子に触れる資格はもうないのだと思えて、その手を引っ込め、膝《ひざ》の上でかたく握った。

「一果……ごめんな………」

声を抑えて小さく呟いてから、「ごめんな……」ともう一度繰り返す。

自分の手で守ることもできない。
幸せにしてやることもできない。
約束したこともあったのに、それも叶《かな》えてやれなかった。
結局人に頼ることでしか前に進めない。
繋がりなんて捨てるものだと思ってきたのに――。

けれど、どこにいても愛しているから。
この世のどんなことよりも、一果が幸せであることを願う。

冬の日が過ぎ去り、春が訪れることがあるのなら。
大切な大好きな人たちのいるこの場所に、戻ることができる日があるのなら。
その日を、降り積もる凍えるような雪の下で、待ち続ける。
それが、たとえ叶うことのない望みだとしても。

『何これ、美味い』
『下萌っちゅう和菓子や』
『「下萌」？　名前付いてんの？　意味なに？』
『寒い冬を越して、雪の下から新芽が芽吹いた様や』
『へぇ…ほなこれ、希望に向かう姿でもあるんやな』

——それだけが、唯一、自分に許された『希望』だ。

第六章

一果《いっか》がこの緑松《りょくしょう》に来てから、もうじき一年になる。年を越し、店は正月休みに入っているため、家にいるのは一果と平伍《へいご》、富紀《ふき》の三人だけだ。家の中もいつもより静かなように思えた。

宿題を終えてから台所に向かうと、富紀がちょうど、うどんを茹《ゆ》でている。今日は刻んだお揚げとネギの入った、きつねうどんのようだ。

「一果、悪いんやけど、お父さんにお昼やて声かけてきてくれる？　作業場にいはると思うし」

富紀に言われて、「はい」と返事をして作業場に向かった。

「おじさん」

声をかけながら戸を開くと、平伍は仕事着に着替えて作業台の前に立っていた。朝からずっと、お菓子を作っていたのだろう。平伍は手を休めて振り返った。

「おばさんがお昼ご飯やて」

「そうか。一果、入ってきてええで」

いつもなら職人さんが仕事をしているため、邪魔にならないように作業場には入らないようにしている。けれど、今日は平伍一人だ。

作業場に入ってそばに行くと、銀のトレイに並べられているのは、練り切りの桜や、梅のほか、鶯餅《うぐいすもち》や、菜の花などの和菓子だ。

「おじさん、それ、春の和菓子？」

「いつもと、少し変えてみよう思ってな」

それで、試行錯誤しているところなのだろう。色合いや形、風味を、少しずつ変えているようだ。その中の一つを見て、一果は「あっ」と声を漏らした。

下萌《したもえ》だ。父が一番好きだった和菓子。それを見て、一果はふと思いついたように平伍の顔を見る。

「おじさん、これ……私にも作れますか⁉」

下萌は、雪の下からうっすらと見える春の芽を、緑の色をちょんとつけて表現し、高温で蒸し上げるお菓子だ。

「なんや、一果もやってみたいんか？」

そう聞かれて、一果はしっかりと頷《うなず》いた。

「一個だけでええの。教えてくださいッ！」

「そやなぁ、ええやろ。今日は店も休みやし。けど、昼からな」

そう言われて、一果は富紀に平伍を呼んでくるよう言われたことを思い出す。「そやった」とハッとする一果の肩を、平伍は笑いながら軽く叩《たた》いた。

あまり待たせては、富紀がせっかく作ってくれたおうどんが伸びてしまうだろう。


うどんを急いで食べ終えると、一果は平伍と一緒に作業場に向かう。

エプロンを着けて、踏み台を用意し、準備を整えると、平伍は一果が作りやすいように材料の下準備をしてくれた。

平伍の見よう見まねで、慎重に、一つ一つの作業をこなしていく。緊張してつい息を止めたまま、淡い緑の食紅をつけるところまで終えると、ホッとして息を吐く。

平伍の作った下萌は形も美しく上品だが、一果の作ったものは形が思ったように整わず、お団子のようになってしまった。

「やっぱり、おじさんみたいに、うまくできへんなぁ……」

一果は少し落ち込んで呟《つぶや》いた。

「最初にしては上出来や。綺麗《きれい》にできてるで」

平伍が笑顔で褒めてくれたので、もう一度、自分の作った下萌を確かめる。

（最初やし……そう悪くあらへんかも……）

「おじさん、これ……どうしても、あげたい人がおるんです」

「そんなら、箱に入れよか」

おじさんは和菓子を入れる透明な蓋《ふた》のついたケースを持ってきてくれた。

丁寧な手つきでできあがったお菓子を入れると、嬉《うれ》しくて笑みがこぼれる。

（これなら、きっと大丈夫や……ッ）

「ありがとう、おじさんッ！」

「出かけるんやったら、気ぃつけてな」

返事をして、一果は急いで作業場を出る。


コートを着て外に出た時には、外は雪になっていた。手袋をした手で大事に紙袋を持ちながら、一果はバス停に向かう。

（パパの一番好きな和菓子やもん……今日は会えるかもしれん）

駅なら、多くの人が通りかかる。ライブのために、名古屋や東京《とうきょう》にもたびたび、出かけていた父だ。京都駅《きょうと》なら、新幹線に乗るために訪れるかもしれない。休日なら、ライブが行われることも多いだろう。

バスに乗り、京都駅で降りてから、一果はキョロキョロと辺りを見回した。

休みの日だからか、駅を出入りする人も多い。

（ギターケース持ってる人……）

それが一番、見つけやすい目印のように思えた。黒のギターケースを持った人を見つけて、思わず「あっ」と足を踏み出したけれど、大学生だとわかって立ち止まる。駅から出てきた人たちが、急ぎ足で一果を避《よ》けていった。

（そんなに簡単に見つかるわけないし……）

ため息を吐いて隅に移動し、行き交う人たちをしばらく眺める。

平伍が作っている下萌を見て、このお菓子がもしかしたら引き合わせてくれるかもしれないと、そんな希望をわずかに抱いた。

けれど、一時間、二時間と経ってもそれらしい人を見つけられなくて、冷えた手で紙袋を握りしめる。

疲れたように、一果はその場にしゃがんだ。

父と暮らしていた頃、仕事の帰りに疲れてしまい、道の途中でしゃがんだことがある。もう少しだけ頑張って歩けばアパートにたどり着くのに、喉《のど》がかわいて、足も疲れて、歩きたくないとつい我が儘《まま》を言って父を困らせた。そのことを思い出した。

三時間経つ頃には、空は薄暗くなり、フワフワとした雪が舞う。

（パパ……雪が降ってきた……）

一果は手に息を吹きかけながら空を見つめた。

——ほんまやな、ぬくせな。

記憶の中の父が、優しく微笑みながら答えてくれた。けれど、それはすぐに消えてしまう。

一年も父の声を聞いていない。父の演奏するギターの音もだ。それを、忘れてしまいそうで、時々不安になる。

（もう、会えへんのやろか……）

声が聞きたい。もう一度だけでもいい。会いたかった。

寝ている間に、短い置き手紙とハーモニカだけ残して立ち去ってしまうから、言いたかったことも言えないままだ。

一緒に暮らせなくてもいい。それが無理なことくらいわかっている。こんなに待っていても、会いに来てくれないのだから、父には父の、一果には話すことができない事情があるのだろう。


うつむいて、唇を少し強く結ぶ。

もう、京都にはいないのだろうか――。

一果と一緒にいた頃も、仕事の都合もあってか引っ越しもした。

一果を緑松に預けた後、別の街に移ったのかもしれない。そうであれば、ここでいくら待ってみても再会は叶《かな》わないだろう。

父の知り合いのことも知らなかった。ライブハウスや、スタジオに行ってみれば、父を知っている人が一人くらいいるのかもしれない。けれど、子どもが行って尋ねたところで、相手にはしてもらえず追い返されるだけだ。

それに、父は仕事仲間ともあまり交流はしていなかった。携帯の番号もたびたび変えていたから、繋《つな》がっている人も少なかったはずだ。

(あんまり遅なったら、おじさんもおばさんも心配する……)

胸にたまった息をゆっくりと吐いてから、一果は膝《ひざ》にグッと力を入れて立ち上がる。

空が雪に覆われて少しも見えない。


バスで家の近くまで戻ると、地面にも雪がつもっていて、踏むたびにサクサクと音がする。さっきまで人混みの中にいたせいもあって、住宅地の細い道がやけにひっそりとしているように思えた。

「あっ……やっぱり雪平《ゆきひら》やん」

声がして、足もとばかり見ていた一果は顔を上げる。

「野井《のい》くん……」

「お前、バスでどこ行ってたんや?」

「どこでもええやん」

「さっき、おまえんとこの店寄ってたんけど、おばさん心配してたで」

捷太《しょうた》に言われて、一果は「えッ」とそらしていた視線を戻す。

お店はまだ、正月休みだ。

「祖母《ばあ》ちゃんに用事頼まれたんだよ。町内会の。ついでに、菓子もらったけど」

捷太は店の紙袋を見せる。休日でも、常連さんやお客さんが来るため、用意していたお菓子だろう。

「そうなんや……」

「おばさんに行き先言わんで出かけてたんか？」

「ちょっと、遅なっただけや」

「家の手伝い、嫌になってサボってたんやろ？」

からかうように言われて、「そんなんとちがうッ！」とつい強めに言い返す。

「ふーん。ほななんやな。さっきのバス、京都駅からのやろ？」

「…………言いたくない」

一果はフイッと横を向く。

（また、笑えんようになってる……）

「なんやねんッ、正月からツンケンして」

捷太がムッとしたように言うのが聞こえたけれど、一果は暗い表情のまま無視して駆け出した。

その時、T字路で自転車とぶつかりそうになり、ハッとしてすぐに避ける。その拍子に雪に足をとられて、「あっ！」と声を上げた。

「雪平！」

捷太が焦ったように駆け寄ってくる。気づいた時には、一果は倒れて膝をついていた。

「危ないな、気をつけんかッ!!」

自転車に乗った男性がブレーキをかけ、一果を見下ろして怒鳴った。そのまま助け起こす手伝いもせず、チッと舌打ちして走り去る。

「危ないのはそっちやろ!!」

捷太が自転車を振り返り、聞こえるような大きな声で言い返した。

それから「大丈夫か？」と、心配そうな顔を一果に向ける。

（あっ、お菓子……！）

手に持っていた紙袋がないことに気づいて、一果は急いで周りを見た。

先ほどの自転車に踏まれてしまったのか、紙袋が雪の上で潰《つぶ》れてしまっている。

「それ……お菓子か？」

捷太が気づいて訊《き》いてきたが、答えないままクシャクシャになって濡《ぬ》れている紙袋をつかんで立ち上がった。

「おい、雪平……大丈夫……か？」

「……なんでもない」

一果は小さな声で言い、唇をギュッと結んでその場を離れた。


すぐ店には戻らなかった。落ち込んだ顔で戻れば平伍と富紀を余計に心配させる。

家の近くの公園に立ち寄り、雪を払ってブランコに腰をかけた。寒いからか、遊んでいる子どもや、散歩している人はいない。葉をすっかり落とした寒そうな桜の木がフェンスを囲むように並んでいる。その枝も雪をかぶり、薄《うっす》らと白かった。

クシャクシャになった紙袋を開いてみると、お菓子のケースは無事だったが中身はひっくり返ってしまっている。それを取り出して、透明な蓋《ふた》を外した。

（これ、いらんようになってしまった……）

下萌《したもえ》は父が一番好きだった和菓子だったから、会えたら渡したかった。

これを食べると元気になれると、いつも話をしていたから、食べてもらいたかった。

袋に一緒に入れていた菓子楊枝《ようじ》で切って、口に運ぶ。

『下萌は寒い冬を越して、雪の下から新芽が芽吹いた様なんや。だから、希望に向かう姿でもあるんやで』

父は『昔アルバイトしてた茶店《さてん》のマスターの受け売りやけど』と、笑っていた。

（……いくら待っても、パパは戻ってこんやんか……）

一果は菓子楊枝を持つ手を下ろす。揺れるブランコが小さく鳴った。公園に聞こえるのは、その微《かす》かな音だけだ。

うつむくと、頬を伝った滴がポタッと落ちる。それは止まらなくなって、手のひらを濡らした。

一口食べると、口の中にいつもの優しい甘みだけが残る。

それが、なんだか悲しくて、それ以上喉を通らなかった。

「パパ……会いたいよ…………ッ」

そんな呟《つぶや》きがこぼれて、ギュッと目をつむった。

どこに行けば、どこを捜せば会えるのか、まるで見当もつかない。

どうしても、父に伝えたかった言葉がある。
それを、言わずに離ればなれになってしまったことが、心にずっと残ったままだ。
もう、我が儘は言わない。困らせたりもしない。
せめて、あと一度だけでもいいから会えたら――。

大好きだと、伝えたかった。
どこにいても、どんなことがあっても、大好きだと――。

願っているのは、ただ、それだけだ。

＊＊＊

涙を拭《ぬぐ》って立ち上がると、一果は公園を出て店に戻る。

「あっ、一果、よかった！　今、捜しに行こう思ってたんよ」

家の前で待っていた富紀が駆け寄ってきて、すっかり雪で濡れている一果のコートに自分のショールをかけてくれた。

同じように外で帰りを待ってくれていた平伍は、「おかえり」と笑顔で頭に手をのせてきた。なにかあったのだろうと察しているはずなのに、事情を聞かないでいてくれる。

「野井くんが、心配して一果のこと知らせてきたんよ」

「……野井くんが？」

一果が立ち去ってから、わざわざ店に戻って知らせてくれたようだ。

一果はあまり優しくなかった自分の態度を思い出す。捷太にはひどく悪いことをしてしまった。

「学校で会ったら、謝らんと……」

「話は後でええやろ。さぶいんや。一果が冷えてしまうわ」

「ほんまや、雪で濡れてるやない。早《は》よ、家に入り」

（おじさんもおばさんも、外に出て帰るの待っててくれたんや……）

ずいぶんと心配をかけただろう。けれど、そうやって自分のことを待っていて、家に迎えてくれる人がいることが今はただ嬉《うれ》しかった。

部屋で着替えてから居間に行くと、富紀が温かい善哉《ぜんざい》を用意してくれていた。
優しい甘さで、香ばしく焼けたお餅《もち》がトロッとしていて、心が軽くなるような気がする。

父と初めてこの緑松にやってきた時、食べた善哉の味を思い出した。
あの時は、スキー場で父と食べた善哉の味が懐かしかった。
けれど今は、このお店の善哉の味が一番ホッとする。

平伍と富紀のいるこの場所が、一果にとっても『家』になったのだろう。
ここにいれば、父と会えることもあるのかもしれない。
（うちが諦《あきら》めたら、本当に……もう会えんようになるから……）

きっと、希望はあるから。
その日を信じて、雪解けの春を待つ――。

＊＊＊

桜の花びらの塩漬けがのったほんのりピンク色の桜饅頭《まんじゅう》。甘塩《あまじょ》っぱい桜の葉にくるまれた桜餅、練り切りで作った桜の和菓子。桜の開花に合わせ、店にも春定番の和菓子が並ぶようになった頃。

学校帰り、一果はこの日も京都駅にいた。
心が弾んで、今日はと期待しそうになるのも、春の陽気のせいだろうか。
暖かくなる頃には——と、ずっと願っていたから。
あたりを見回して歩いていた時、黒いギターケースが目に入る。
父が使っていたものと、それはよく似ていた。
肩にかけている男性の背格好も、父と同じくらいだ。
その人は、駅の案内板の前に佇《たたず》んでいた。
一果は「あっ」と、思わず声を漏らして衝動的に走り出す。

（パパ……ッ）

春になったから戻ってきたのかもしれない。

きっと、そうだ。

きっと、会いに――。

手を伸ばすと、一果はその人の腕をグイッと引っ張る。

「パパッ!!」

エピローグ

春、緑松《りょくしょう》に突然、和《なごむ》が戻ってきた。

十年ほど東京《とうきょう》で仲間とともに『栗《くり》ManJu』というバンドをしていたようだが、そのバンドが解散し、ちょうど平伍《へいご》が持病で入院したという知らせが届いたため、急遽《きゅうきょ》、店に戻ることに決めたようだ。

平伍はすぐに退院して仕事に復帰していたが、和はこれを機に続けていた音楽をすっぱりと諦めて、店を継ぐため一から修業し直すことにしたらしい。

やりたいことがあると家を出て行ったのに、急に戻ってくるなんて、やっぱり勝手だと一果《いっか》は思う。けれど、平伍も富紀《ふき》も、口では文句を言いながらもやはり息子が戻ってきてくれたことが嬉しいのだろう。

家の中も店も、和がいると明るくなるし賑《にぎ》やかだ。

今まで和と会ったことのなかった咲季《さき》や、お客さんともすぐに打ち解けて、馴染《なじ》んでいた。

一果の身の上を知った和は、なにを思ったのか、自分が父親になったつもりでかまおうとしてくれる。それが多少ウザくもあるが、お人好《ひとよ》しで、世話焼きなところはやはり平伍と富紀に似ているように思えた。

それに、和菓子が好きな気持ちは、周囲の人たちにドン引きされるほど溢《あふ》れている。買われていく和菓子のことを考えて、涙を流すほどだ。

そんなに和菓子が好きなら、どうして今まで店を継がず、バンドをやっていたのだろうと思うが、和には和の思うことや考えが色々とあるのだろう。

職人になるという気持ちは本物のようで、平伍に扱《しご》かれながら熱心に仕事を覚える姿は一果もちょっとだけ、立派なものだと思う。

「京都《きょうと》に戻ってきた日、一果が勘違いして俺の腕をつかんできたんは、やっぱり運命やと思う！」

和はあの日のことを笑ってそう話す。

ギターケースを背負った和のことを父と勘違いして、『パパッ‼』と腕を引っ張った時、振り向いた和はびっくりして目を丸くしていた。

人違いをしたことに気づいて慌てて逃げ出したのに、家に帰って見れば、その相手が普通に居間にいるのだから、恥ずかしいやら、驚くやらで、一果はろくに目を合わせられなかった。

「パパと勘違いしたのはその通りですけど……」

一果は和のことを見ながら少しだけ首を傾げた。

あの時のことが不思議に思える。和は背格好は父と同じくらいだが、顔も雰囲気も髪型もまったく違う。父と見間違えるはずはないのに——。

「俺はあん時、一果と神様に選ばれたんやな」

「選んでません」

すぐに調子に乗る和に、一果はいつものように冷ややかな目を向ける。

「またまた、わかってんで〜。今のは一果の照れ隠しやッ！」

「違いますッ！」

赤くなって言い返すと、和は楽しそうに笑っていた。

あの日、和と出会ったことも、その腕を咄嗟《とっさ》につかんだことも偶然ではないのだろう。

すべてが、『必然』だ。

二つ合わさることで、もっとよいものが生まれる。
それを〝であいもん〟というのだと、以前、平伍と富紀に教えてもらった。
この出会いは、どんな影響を与えてくれるのか。
一果にとってそれは〝であいもん〟のような日常になるに違いない――。

あとがき

このたび、ご縁があり小説版『であいもん』のノベライズを執筆させていただくことになりました。香坂茉里《こうさかまり》と申します。

今回の小説は、一果《いつか》ちゃんをメインに、緑松《りょくしょう》という京都の和菓子屋さんでの出会い、そして巴《ともえ》さんとの繋《つな》がりなど、そのあたりが物語の中心になっております。

浅野《あさの》先生が描かれている『であいもん』の世界観もそこで描かれる人と人との優しい繋がりも素敵で、漫画を読んでいるとほっこりとして、心癒やされます。小説版もそのような一冊になったらいいなと思いながら、楽しんで書かせていただきました。

この小説を書くにあたり、浅野先生には監修を含めて色々と手助けをしていただきまして、こうして、無事に形にすることができました。本当に、ありがとうございます。

この小説を手に取ってくださった読者の皆様が、あらためて原作の『であいもん』を読んだ時に、よりいっそうその世界を、キャラクターたちを、好きだなと感じていただけたら幸いです。では、この小説の先の物語は、ぜひ浅野先生の描かれる漫画で——。

香坂茉里

「春をむかえる物語」

「小説版の企画が来てます。」
企画をもろた時、自分の作品が文章になるゆう事が全くイメージできんと
「ほんまにそんな贅沢な思いをさしてもろていいんですか?」と担当さんに
何度も確認したんがつい昨日の事のようです。

であいもんの読者さんからは、一果達を「親戚のような」「近所の人のような」
気持ちで見守ってると感想をいただきめちゃくちゃうれしいんですが
その上でそれってどないな感覚なんやろなァ〜って思てて。
今回の企画の際に香坂先生より「娘や妹を見守ってるような、応援したくなる
ようなものを」と提案していただき、初稿を拝読さしてもろた時に
「あ、こういうカンジなんか」と、なんとなくその感覚を味わうことができて
一人興奮したのを覚えております。
この世界を第三者として眺められる機会を
もらえました事、本当にありがたく感謝
致しております。

この続きはコミックス第1巻1話目へと続き
目線は緑松の放蕩息子「和(なごむ)」へと
移ります。そちらも読んでいただけると
より一層この物語の一果がいじらしく頑張って
きた事に思いを馳せていただけるでしょう。
原作を知ってる方にとってはより一層
一果たちを見守っていただけると思います。

改めて企画を立てて下さった角川ビーンズ文庫編集部の白浜様
執筆を担当して下さった香坂茉里先生、ありがとうございました。

2022.某月某日　浅野りん

お便りはこちらまで

〒一〇二―八一七七
富士見L文庫編集部　気付
香坂茉里（様）宛
浅野りん（様）宛

富士見L文庫

小説版《しょうせつばん》　であいもん
～雪下《ゆきした》に春《はる》を待《ま》つ～

著：香坂茉里《こうさかまり》
原作・イラスト：浅野《あさの》りん

2022年4月15日　初版発行

発行者　青柳昌行
発　行　株式会社KADOKAWA
〒102-8177　東京都千代田区富士見2-13-3
電話　0570-002-301（ナビダイヤル）

印刷所　株式会社暁印刷
製本所　本間製本株式会社
装丁者　西村弘美

ISBN 978-4-04-074505-3 C0193

おいしいベランダ。

著／竹岡葉月　イラスト／おかざきおか

ベランダ菜園&クッキングで繋がる、
園芸ライフ・ラブストーリー！

進学を機に一人暮らしを始めた栗坂まもりは、お隣のイケメンサラリーマン亜潟葉二にあこがれていたが、ひょんなことからその真の姿を知る。彼はベランダを鉢植えであふれさせ、植物を育てては食す園芸男子で……!?

【シリーズ既刊】1～10巻

富士見L文庫

ぼんくら陰陽師の鬼嫁

著／**秋田みやび**　イラスト／しのとうこ

ふしぎ事件では旦那を支え、
家では小憎い姑と戦う!?　退魔お仕事仮嫁語！

やむなき事情で住処をなくした野崎芹は、生活のために通りすがりの陰陽師(!?) 北御門皇臥と契約結婚をした。ところが皇臥はかわいい亀や虎の式神を連れているものの、不思議な力は皆無のぼんくら陰陽師で……!?

【シリーズ既刊】 1～7巻

富士見L文庫